Apague a luz se for chorar

Fabiane Guimarães

Apague a luz se for chorar

Copyright © 2020 by Fabiane Guimarães

Grafia atualizada segundo o Acordo Ortográfico da Língua Portuguesa de 1990, que entrou em vigor no Brasil em 2009.

Capa
Julia Masagão

Imagem de capa
Incêndio na floresta, de Marcelo Cipis, 2020. Acrílica sobre tela, 30 × 30 cm. Coleção do artista

Preparação
André Marinho

Revisão
Adriana Bairrada
Valquíria Della Pozza

Os personagens e as situações desta obra são reais apenas no universo da ficção; não se referem a pessoas e fatos concretos, e não emitem opinião sobre eles.

Dados Internacionais de Catalogação na Publicação (CIP)
(Câmara Brasileira do Livro, SP, Brasil)

 Guimarães, Fabiane
  Apague a luz se for chorar / Fabiane Guimarães. —
 1ª ed. — Rio de Janeiro : Alfaguara, 2021.

  ISBN: 978-85-5652-103-3

  1. Ficção brasileira 1. Título.

20-34419   CDD-B869.3

Índice para catálogo sistemático:
1. Ficção : Literatura brasileira   B869.3
Maria Alice Ferreira – Bibliotecária – CRB-8/7964

1ª reimpressão

[2022]
Todos os direitos desta edição reservados à
EDITORA SCHWARCZ S.A.
Praça Floriano, 19, sala 3001 — Cinelândia
20031-050 — Rio de Janeiro — RJ
Telefone: (21) 3993-7510
www.companhiadasletras.com.br
www.blogdacompanhia.com.br
facebook.com/editora.alfaguara
instagram.com/editora_alfaguara
twitter.com/alfaguara_br

Para meu pai e minha mãe

Cecília

Eles disseram: "você é forte, Cecília, sabemos que dará conta disso tudo sozinha, desta vez não haverá patê de frango com maionese, biscoitos de queijo e xícaras de café soterrado de açúcar, desta vez será um funeral modesto, com pouca gente para alimentar". Esta minha família (ou o que sobrou dela) se recusou a comparecer. Aquela gente que só se reunia nos natais, depois passou a se encontrar nos enterros e agora não se vê nunca mais. Eles não queriam se deslocar até Pirenópolis para chorar por dois membros honoráveis, os mais antigos, dessa sociedade de sangue. Ninguém gosta de cidades distantes. Nem de considerações predestinadas por genética.

Deu tudo errado para chegar lá, para começo de conversa. O voo atrasou, cheguei a Brasília debaixo de um pé-d'água, o carro alugado não tinha desembaçador. Foram quase duas horas de viagem, o mundo se acabava — é assim, não chove nunca no deserto, mas quando chove é para provar que as coisas que você mais deseja destroem você. Eu estava cega, provavelmente trafegando em plena rodovia a uns trinta quilômetros por hora, com a janela meio aberta espirrando gotas geladas na minha cara. Tinha água até dentro dos meus olhos.

Mas segui em frente, porque é o que a gente faz quando não sabe o que fazer. Chegou a um ponto em que eu não entendia mais se estava chorando pela morte de meus pais ou porque sentia uma culpa corrosiva de não ter estado lá para me despedir do jeito mais apropriado.

Faria, em breve, seis anos que eu resolvera me mudar para o Rio de Janeiro. Por causa de um coração partido, tinha abandonado um emprego de veterinária (não um emprego muito bom, mas um emprego) e fugido de tudo. "Mas lá é tão violento, cheio de favela e bandido", minha mãe comentara na época, com os olhos azuis maravilhosos, que eu não herdei, arregalados. "Você nem sabe nadar", foi o ponto do pai, que odiava o litoral por pura falta de afinidade com o oceano. Eu devia ter ficado, com meus bichos e meu amor retaliado, devia ter cuidado dos meus velhinhos. "Não lembro a última coisa que eles me disseram", resmunguei ao telefone para minha melhor amiga, depois de abastecer o carro, na altura de Corumbá.

"E isso tem importância?", respondeu ela.

"Claro que tem", exclamei de volta. Você precisa se lembrar das últimas palavras das pessoas que morrem, para ter isso como um medalhão, daqueles que você exibe com orgulho na memória. Mesmo que tenha sido algo banal como: você comeu direito? Ou: não se esqueça de levar as suas roupas para a lavanderia. Conhecendo meus pais, certeza que pode ter sido qualquer coisa assim. Eu só queria ter dito que comi até explodir e separei minhas blusas conforme a cor. Para fazê-los felizes, nem que fosse por alguns minutos, não apenas incomodados com o meu desleixo, a minha falta de coragem e o meu orgulho desmedido pelas coisas que não fui capaz de fazer. Que nunca serei capaz de fazer.

Contaram que eles morreram felizes porque estavam juntos. Lado a lado, de mãos dadas, com cabras alvoroçando-se no quintal — fizeram a passagem ao entardecer, dormindo, duas paradas cardíacas quase simultâneas. Depois de cinquenta anos de casados, os dois me deixaram ao mesmo tempo. Achei injusto. Era como se eles tivessem desistido de mim. Eu queria gritar e chorar e bater o pé, como a criança mimada que fui, mas não podia, porque quem comprava as minhas crises e amava os meus defeitos tinha acabado de partir para um lugar inacessível. Não deu tempo nem de retocar a maquiagem, tão logo entrei na cidade em miniatura onde eles quiseram permanecer para sempre. Era preciso me encontrar com o agente funerário, pagar a conta, resolver o cardápio de lanches insossos. Tudo dentro de uma cápsula de turismo temporal: ruas de paralelepípedos, postes e pontes do século passado.

O dono da funerária não foi nem um pouco delicado. Estava apreensivo e agitado, ninguém morria havia tempos, dizia mil coisas enquanto eu tropeçava nos meus sapatos de salto, inadequados, obviamente, para aquela cidade de vielas tortuosas. Levou-me ao seu pequeno necrotério. Estavam lá, meu pai e minha mãe, nus em gavetas — era a última vez que eu os veria, mal assimilei a consistência amarela de seus corpos e o moço calvo continuava a perguntar se eu preferia mogno ou carvalho. Para o caixão. "A senhorita já se decidiu?"

"Está tudo bem, Dom, eu cuido dela", sussurrou alguém, quando eu estava prestes a vomitar de desespero.

Era uma senhora negra, com os cabelos brancos presos em um coque e as mãos escuras texturizadas. Seus olhinhos rasgados estavam vermelhos e transbordantes de tristeza. Não perguntei quem era, não quis me fazer de forte, apenas aceitei o abraço que ela oferecia de graça. Chorei sem parar, aspirando sem querer o seu cheiro de hortelã. Eu não chorava assim nos braços de um estranho havia muito, muito tempo.

"Pode chorar, minha filha. Chorar faz bem", ela comentava, dando palmadinhas nas minhas costas.

"A senhora me desculpe", disse, quando consegui recobrar o fôlego.

Ela sorriu, acenando em um sinal claro de que eu não precisava explicar.

"Você quer botar a roupa neles? Ou quer que eu faça?"

Senti que seria um impropério não conseguir vestir meus próprios pais. Pois bem: não consegui. Até tentei. Mas peguei o vestido branco que reservaram para minha mãe e me lembrei de como ela odiava aquela saia acima do joelho — "meus joelhos são tão carnudos, você teve a sorte de puxar o joelho do seu pai, Cecília, não que alguém repare neles, não é mesmo? Joelhos são o umbigo da perna", dizia, para depois se contorcer na melhor gargalhada do mundo. E o terno de papai, bem engomado e azul, com aquela gravata cinzenta horrorosa, o tecido já embolorado de velhice. "Usei gravata a minha vida inteira", ele gostava de dizer, "para ficar me enforcando à toa." "Só uso gravata agora no dia em que você se casar de novo."

Nunca me casei de novo.

Eu também não acreditava em Deus, odiava música sertaneja, não dançava forró, estava desempregada e era vegetariana.

"Eu os decepcionei de tantas maneiras", desabafei para a velhinha, sentada no chão do corredor, quando ela terminou a missão que devia ter sido minha. "Não fui a filha que eles queriam."

"Bobagem, menina. Sou amiga da sua mãe desde que eles vieram pra cá. Ela sempre falava de você com muito gosto."

"Eles me amavam tanto. Não dei nada em troca."

"Pai e mãe não pedem isso."

O nome dela era Luzia, era a costureira e vizinha que me ligara na véspera, a mulher que desconfiara do silêncio do outro lado do muro. Fui descobrir tudo isso só ao fim do serviço — surpreendentemente lotado. Só me dei conta da bondade dos meus pais quando vi uma fila enorme de desconhecidos se formar no funeral para vir prestar as condolências, com abraços apertados e palavras de afeto. Nenhum de seus familiares quis viajar, mas centenas de pessoas que só os conheciam por alguns anos fizeram questão de relembrá-los. "Sua mãe era uma santa", dizia uma moça grávida, "por causa dela vou batizar minha filha de Margarete." Houve até quem me trouxesse pequenos doces em formato de passarinho, pombos minúsculos moldados em açúcar, que me disseram ter o gosto do espírito santo.

No fim, enquanto desciam os caixões para as covas rasas no cemitério minúsculo, senti que não tinha sido uma injustiça tão grande assim. Morrerem juntos. Eles não haviam me abandonado. Tinham apenas feito valer um voto secular de amor que eu jamais seria capaz de entender.

"Eu nem sei como agradecer toda a ajuda que a senhora me deu hoje", falei para a dona Luzia, que ficou para me guiar até um lugar seguro, passado o furacão. Enrolando-se no xale pesado de lã que levava a tiracolo, ela parecia curiosa de um jeito meio tímido, quase constrangido.

"Por que não veio ninguém com você?", questionou.

Fiquei com vergonha de admitir a falta de consideração.

"Não puderam."

"E aquele seu primo?"

"Que primo?"

"O que estava vindo visitar eles, tinha dias."

Demorei a assimilar a questão. Achei que ela estivesse confusa e endurecida por dentro, como eu.

"Eu não tenho nenhum primo, dona Luzia. Só primas. Distantes."

"Tem sim. Foi sua mãe que me disse. Que era sobrinho dela."

"Do que a senhora está falando?"

Então, veio a desconfiança.

João

"É um gato", atestou a recepcionista, cochichando baixinho no balcão para a nova professora de hidroginástica. "E é pai solteiro."

Fernanda examinou cuidadosamente o sujeito que deixava os vestiários. Um sujeito de pele castanha, forte, que parecia ter sido talhado em madeira. Irregular e, por isso mesmo, hipnotizante. Depois, seus olhos correram para o que chamava ainda mais atenção. Nos braços, a criatura frágil e disforme — um menino de ossos curvos, de olhos vivos. "Aquele é o Adam, o coitadinho tem paralisia cerebral", informou a recepcionista, usando o tom de quem encontra um defeito no produto exposto na vitrine. "Ele é tão devotado a esse garoto que eu vou te contar."

Apanhando o apito e a touca de natação, a professora ignorou os comentários. Era seu primeiro dia, não estava em busca de um namorado. Ao encontro do novo aluno, na borda da piscina, sentiu a pena espremer seu coração de uma maneira incontrolável.

No colo do pai, o menino piscava descontroladamente e deixava escorrer saliva pelo queixo.

"Bom dia. Meu nome é Fernanda. Sou a nova instrutora", esclareceu.

Ele a olhou com estranheza, um pouco de alheamento e talvez cansaço.

"João. Eu tenho que entrar na água com ele, é claro."

"Tudo bem."

Adam devia ter quatro ou cinco anos. Era um menino franzino, de cabelos cacheados rarefeitos e aqueles olhos, destruidores, que atiravam desconforto a todos que estavam lúcidos. Usava, no corpo magrelo e contorcido, uma sunga com estampa de desenho animado. A academia não ficava exatamente perto de onde moravam, mas o pai se esforçava nas tentativas de socializá-lo, já eram conhecidos dos outros colegas — velhinhos, em suma, que paparicavam Adam como se o garoto conseguisse entender a mecânica das brincadeiras. Não, ele não conseguia. Era um vegetal ambulante, como bem definira a mãe, no ato do abandono. Um vegetal que adorava o toque na água, quando João descia com ele, até o meio, boiando na imensidão azul e vagarosa, em que os sons eram filtrados e límpidos e não doía se mover.

Muitos anos de conflito lapidaram aquele "homem perfeito". Nem sempre fora assim. Ter que lidar com um filho com uma grave deficiência, aos trinta anos, era uma responsabilidade da qual preferia se desfazer, no começo, por pura falta de traquejo. Deixava o menino ao encargo de sua própria mãe, uma aposentada com tempo de sobra e coração de menos. Chegou o dia em que até ela fora embora, avisando "cuida dele, que é seu, vou para um cruzeiro, não me procure mais". Com o bebê imóvel nos braços, João se questionara: e agora?

A mãe do menino era uma vagabunda, ele se revoltava. Vadia sem coração para deixar aquele moleque inútil nas suas costas. Ele, um veterinário miserável que ganhava dinheiro matando cachorros e gatos — sacrificava os bichinhos condenados dia após dia, no centro de zoonoses, trabalho de controle populacional de animais de rua, essas coisas. As mãos chegavam em casa pesadas de morte e logo assinavam o cheque para a babá-enfermeira do dia. "A mamadeira dele está ali, dê com cuidado", avisava a senhorinha de branco, mais mãe do que a mãe. "Ele pode se engasgar."

O remorso assombrava quando João se lembrava do que costumava sentir, em uma daquelas noites em que comparava os cachorros de rua ao filho — os cachorros da zoonoses, pelo menos, latiam. A mão peluda e grande, segurando a mamadeira, às vezes tremia. O que aconteceria se eu deixasse que o leite se acumulasse na garganta atrofiada, fosse parar no pulmão, escorresse pela boca sem controle? Ele pode se engasgar.

Adam era um cachorrinho sarnento sem consciência. Não sentiria dor, não sentiria nada, seria rápido e João estaria livre. O veterinário, contudo, interrompia-se no ato, atirando a mamadeira pela metade na parede e chorando, chorando compulsivamente enquanto abraçava o garoto que gemia, sentindo-se culpado. Parecia que sua vida era um ritual de culpas.

Desde então aprendera que, no que se tratava do seu filho em particular, as recompensas eram um pouco menos ambiciosas que no caso das demais crianças. Enquanto os outros pais se inchavam de orgulho ao ver as crias engatinhando e, posteriormente, ensaiando as primeiras palavras, João sentia vontade de gritar para o mundo quando Adam conseguia sorrir.

O veterinário queria mais, entretanto. Havia acabado de descobrir, com a sessão de fisioterapia e tantas outras que praticava no Hospital Sarah Kubitschek, que o filho tinha alma. Dava para vê-la às vezes, quando estavam adormecendo juntos na cama e os olhos claros do menino, estrábicos e descontrolados, pousavam no pai que o vigiava. Era a ternura, e o agradecimento, no rosto que não podia ser lido.

Tinha que haver um jeito de tirá-lo dali, de dentro de si mesmo. Não pensava em outra coisa, pesquisava opções de tratamento. Havia um. Na China, com especialistas em células-tronco. Custava o dinheiro que ele não tinha. Ainda.

"Ele nasceu assim…?", a nova professora perguntou, ao final da aula, ligeiramente constrangida.

João não tinha problemas com isso.

"Nasceu assim", respondeu. "Estou atrasado para o trabalho, me desculpe."

Deixou a academia com a bolsa atravessada nos ombros, empurrando a cadeira de rodas onde, desmontado debaixo do cinto de segurança, Adam o reprovava serenamente. Eu não vou fazer sexo nunca mais, concluía João. O sinal fechou. Correu para apanhar o ônibus.

Naquele dia, mataria uma remessa nova de cinco cachorros e três gatos.

Cecília

O agente funerário veio me entregar a chave da casinha azul, mera formalidade, já que ninguém se dera ao trabalho de trancar nada. Eles morreram de portas abertas, como sinal de cortesia à vizinhança. Ciente de que me movimentar era um esforço que amortecia todo aquele desespero, comecei a escancarar as janelas de madeira, abrindo a sala com enfeites de crochê para a rua, espanando o pó dos móveis.

Minha última visita tinha acontecido havia cinco, seis meses. Eu reclamava de não conseguir espaço na agenda (que não era de todo cheia) para desbravar tantas horas de estrada. Não dava para se esconder em um lugar que tivesse aeroporto? "Ah, minha filha", meu pai resmungava, "achamos bom morar aqui. O tempo passa na mesma velocidade que a gente."

Eles eram, os dois, servidores públicos aposentados, história de amor construída em corredores de banco. A minha infância inteira moramos em uma das quadras mais tradicionais da Asa Sul, em prédios de pilotis e cobogós, o quintal forrado de ipês e cigarras. Encantaram-se pela cidadezinha goiana em uma de suas muitas expedições. Anunciaram, sem cerimônias, que estavam voltando para casa: haviam encontrado o lugar perfeito. Nunca entendi esse cansaço da civilização e nem me preocupei com o fato de que, aos oitenta anos, era meio perigoso se isolar.

A cama onde foram encontrados estava desfeita. Do lado direito da cabeceira, permanecia o cilindro de oxigênio de meu pai, à espera de um pulmão. Do lado da minha mãe, um copo de água e um exemplar da Bíblia. Radiografia das coisas que os destruíam — respiração insuficiente e fé inabalável.

Eu me lembro das vezes em que meu pai fumava, sem parar, na janela de casa, trocando um cigarro pelo outro, às vezes sem tirá-los da boca. Perguntei uma vez, na cama do hospital em uma de suas tantas crises, se ele se arrependia. "Todo mundo morre", ele disse, "sorte a minha que engarrafaram oxigênio." O ar parado de Goiás, da cidade turística e secular, parecia ter feito bem: havia tempos estava curado e nem o médico acreditou que duraria tanto assim. "Sou duro na queda. Não sei mais respirar, mas ainda estou de pé." Ele nunca dizia a palavra câncer, era um homem de eufemismos eternos. Costumava chamar de meu *pequeno probleminha*, a *doença*.

Mamãe, porém, sofria de males menos eloquentes e, ainda assim, mais assustadores. Diabetes e hipertensão arterial, como a montanha de pílulas no armário do banheiro denunciava. Conservara-se rechonchuda e rosada a vida inteira, mesmo que comer já não fosse um privilégio possível. Quando ficava brava com alguém, logo passava a dizer, com aquela risada gostosa: "você me perdoe a indelicadeza, é que estou com fome".

Eles me tiveram de surpresa. Fui da safra dos bebês inesperados e tardios. Na vizinhança, todos pensavam que o casal composto pelo Raul e pela Margarete seria para sempre dois. Em vez da menopausa, cheguei. Milagre divino, como minha mãe costumava dizer. Um tratamento de fertilidade que demorou anos a surtir efeito, eu preferia pensar. Desde os oito anos, vivia aterrorizada pelo momento em que um deles partiria, me deixaria com o outro e a solidão imensa, porque uma vida inteira conjunta não se sustenta sem uma das peças.

Quando se é criança e tem pais mais velhos que a média, a noção de perenidade assombra muito cedo. É apreendida até no jeito com que as mãos enrugadas enchem as lancheiras da pré-escola e trançam os cabelos — sempre tive figurinos e lanches do século passado. Tudo é cansaço. Mesmo a forma com a qual eles acompanham os passeios de bicicleta, arfando ao menor sinal de insistência. "Ainda é cedo, papai", reclamava eu, emburrada em cima das rodinhas flutuantes, com energia para exaurir o mundo. Nessa época, ele já ofegava só de falar.

Tínhamos um cachorrinho — Bigode — que cumpria a função de me acompanhar nas corredeiras invisíveis do parquinho, o que fazia com disposição de atleta, embora às vezes tropeçasse no próprio pelo. Antes de ser meu, contudo, Bigode tinha sido deles, e chegou a hora em que simplesmente desmontou, inerte, no jardim; abatido no meio da brincadeira. Ajoelhada sobre o corpo rígido do meu cachorro, cutuquei, cheirei e até gritei, levantando suas orelhas compridas, convencida de que os bichos também pregavam peças. Tenho comigo que tentar despertá-lo foi o gatilho da escolha de, mais tarde, me tornar veterinária: no fundo, eu só queria ganhar o poder de evitar aquilo. De prolongar os amigos.

Meu pai veio com uma toalha, enrolou o Bigode nela. Mamãe ficou responsável por acalmar meus soluços desesperados. "O que aconteceu com ele", eu quis saber. "Pra onde foi?"

Ele já estava velhinho, me explicaram.

Desde então, os meus pesadelos ganhavam uma nova protagonista: a mão invisível que tirava almas do mundo quando passavam do prazo. Passei a entender que os cabelos brancos que se acumulavam na barba de meu pai e as bolsas de rugas que sombreavam os olhos de piscina da mãe sinalizavam uma contagem regressiva. Gente também tinha data de validade. Eu não queria crescer, porque crescer significava que em breve eles teriam que partir. Vinculei aniversários às despedidas.

Jurava que estava preparada, uma vida inteira, para a morte, só para descobrir que não estava pronta coisíssima nenhuma. Alguém está?

Resolvi, seguindo o conselho de minha amiga, "viver o luto". Permaneceria alguns dias na cidadezinha de pedra. Estava decidida a não voltar para o Rio, talvez arranjasse um emprego em Brasília, a aventura estava encerrada. Minha vida era basicamente esperar. Sentar-me no banquinho de madeira da porta, com acessos de choro constantes — eu que sempre tive vergonha desse comportamento assim explícito, agora não segurava a enchente de emoções conflitantes, explodindo bochecha abaixo. Chorava o tempo todo, assistindo ao desfile de pessoas com suas preocupações interioranas. Não tinha fome, nem sede. Voltava para dentro, olhava as estantes, os pertences dentro dos armários, sabendo que chegaria a hora em que eu teria que desmontar tudo, vender e distribuir. Levar ou guardar. Cheguei ao ponto de conversar com a escova de dentes pousada na pia e os chinelos debaixo da cama. Os objetos entendiam, eles pareciam sentir a falta também, não é mesmo? Fomos todos deixados para trás.

Quando não estava abraçando os lugares onde eles estiveram por último, passava um tempo enorme na casa da dona Luzia, logo ao lado. Ela morava sozinha — embora às vezes falasse sobre o filho, sargento do Exército, que não vinha nunca — e era praticamente a única costureira por ali, assim ganhava dinheiro: remendando a cidade inteira. Sua pequena sala, sem televisão ou estante, era um ateliê improvisado sitiado por araras e máquina de costura.

Nunca havia espaço para sentar no sofá, soterrado por um Everest de tecidos e roupas incompletas. Além de ser boa com os rasgos alheios, a velhinha era uma excelente companhia. Ficava lá, pedalando a velha Singer com os oculinhos pousados na ponta do nariz, enquanto eu desfiava meu repertório incansável de perguntas.

Estava obcecada pelo homem estranho que supostamente era meu primo. A curiosidade de saber quem era aliviava a dor, então eu perseguia a solução para o enigma. Dona Luzia, contudo, pouco soube me dizer — achava difícil acessar suas próprias lembranças. Uma hora dizia que era um homem alto, na outra mudava de ideia, corrigia, falava que era só "troncudo". "Jovem, da sua idade. Não, mentira, talvez um pouquinho mais velho. Tinha barba, sim senhora. Ou talvez não. Não era da cidade. Disso eu tenho certeza."

Eu estava certa de que minha mãe jamais tivera um sobrinho com qualquer uma dessas qualidades. Na minha família, por inclinação genética ou maldição, só nasciam mulheres.

Com o velho álbum de fotos que encontrei esquecido no guarda-roupa, mostrei, na mesa da cozinha, todos os personagens do nosso passado para a vizinha. Ela não reconheceu ninguém. Nem haveria muito para reconhecer. Em quase todas as fotos, éramos apenas nós três.

"Eles falavam sobre o quê, antes de morrer, dona Luzia?"

"Ah, minha filha, as coisas normais. O tempo. A vida. Não, não parecia haver algo de errado."

Eu fazia as vezes de detetive, mas só era um cachorrinho exausto perseguindo o próprio rabo. Até que recebi mais combustível para alimentar a paranoia.

"Bom, tem uma coisa que me deixou meio com suspeita", a costureira admitiu, pousando a xícara de café na mesa. Meu interrogatório, naquela manhã, vinha escoltado por um fumegante bule de café e grossas fatias de bolo de fubá. "Eles estavam meio assustados, sabe?"

"Assustados como assim?"

"Trancando a porta. Fechando janela. Essas coisas."

(Naquela cidade, um gesto incomum, o de se resguardar.)

"A senhora perguntou por que isso?"

"Perguntei. Sua mãe disse que não era nada."

"E aí?"

"E aí que eu juro que vi a porta fechada, eles estavam fechando a chave. Mas de manhã, quando acordei e vi que ninguém tinha saído de casa, estava aberta, não é? Eles tinham morrido. Mas a porta da frente tava aberta. Eu entrei, assim, antes de chamar o doutor."

"Dona Luzia… A senhora está querendo dizer que alguém pode ter entrado no meio da noite?"

"Ou saído. Pode não ser nada, minha filha, desencuca. Vai ver nessa noite eles se esqueceram de trancar."

Depois daquilo, liguei para minha amiga no Rio. Ela, psicóloga, convenceu-se de que eu estava somente louca. "Eu te mandei viver o luto, não arranjar chifre em cabeça de cavalo", chiou.

"Foi a velhinha que me disse, Mariana, como que a porta estava aberta se eles morreram no meio da noite, tinha que estar trancada. Tem alguma coisa muito errada."

"E se mataram meus pais, Mariana?", sussurrei, ajoelhada no alpendre, falando baixo nem sei por quê. "E se eles não morreram bonitinhos, de causa natural. E se foi assassinato?"

João

"Tive que mandar o Pablo embora. Não teve jeito."

A voz do chefe, exausta, veio flutuando pelo corredor malcheiroso do canil. João estava curvado sobre o chão de uma das gaiolas, esfregando o chão com força. Se não fosse corretamente desinfetado, o local virava um chamariz de doenças. Apesar de ser limpo diariamente, contudo, elas sempre voltavam, as pestes que se irradiavam fácil. Bactérias malditas, resistiam aos produtos que, de tão fortes, corroíam a beirada das unhas. Haveria uma feirinha de adoção dos animais sadios no dia seguinte. Era preciso conservá-los intactos, até lá, pelo menos. Limpos.

"Aquele imprestável", continuou o Adamastor.

João nem levantou a cabeça. Sabia o que aquilo significava.

Pablo era o infeliz que dividia o turno com ele. Começara a adoecer, culpava o ambiente insalubre, dizia que processaria o Estado. "O trabalho deles", explicava, bebendo café como se fosse água, "deveria ser feito por servidores capacitados, e não por escravos terceirizados." João ficava calado, mascando a própria saliva, o pensamento distante e incapaz. Não queria dizer para aquele imbecil que necessitava do próprio emprego.

"Vou precisar que tu me ajude na campanha de vacinação neste fim de semana. E até eu encontrar outra pessoa para assumir o lugar dele", completou o chefe. Bingo. Seus favores sempre vinham assim pedidos com falsa delicadeza. João esfregou o cimento com mais força. Enxugou o suor do rosto. Pingava chateação.

"Eu tinha um compromisso, mas tudo bem", respondeu.

Antes de pegar o ônibus para voltar para casa — atrasado, como de costume — ligou para Fernanda. Já não se importava mais, dada a frequência de compromissos adiáveis. Caminhou devagarinho para o cemitério nos fundos do prédio, seu canto predileto no trabalho, onde tinha paz. Cemitério, mais conhecido como pasto, com mato crescido até a cintura, alimentado pelos milhares de animais enterrados por ali. O governo local prometia construir um lugar público para depósito de tantos cadáveres, mas a promessa era tão vaga quanto improvável. Enquanto isso, procuravam covas vazias para amontoar mais algumas dezenas. Havia cruzes, aqui e ali, demarcando o território de restos, mas nenhuma lápide.

"Oi. Estou ligando para dizer que não vai dar para a gente lanchar amanhã", anunciou o veterinário, quando a voz sedutora da professora respondeu ao chamado.

Justo agora, que ele resolvera, pelo menos uma vez, ceder às investidas de alguém. "Você é um sortudo da porra", dizia o Ivan, um amigo (o único). "Nem precisa correr atrás de mulher, e ainda assim fica aí de frescura. É por isso que fica aí de frescura. Você é muito é viado, Johnny."

Fernanda era uma boa escolha. Brincalhona, esforçada, tratava Adam sem a comoção artificial das mulheres em desespero. Bonita, inteligente. Não é que não gostasse que as moças chovessem em cima dele — por muito tempo, aquilo havia sido um dom divino agradecido a cada foda. É que tanto assédio dificultava o foco. Agora, ele tinha um, e não envolvia um par de pernas abertas. Fernanda compreendia. Ou dizia compreender.

"Olha, não precisa se preocupar, não vou te roubar do Adam", ela tinha dito, ao mencionar casualmente o convite. "É só uma comidinha."

"Uma comidinha. Puta que pariu, se uma mulher dessas fala isso pra mim, eu como ela ali mesmo" — Ivan, o tosco, fizera questão de pregar.

"Você está me dando o bolo, é?", ela respondeu. Ele conseguia ouvir o barulho da água do outro lado do telefone. Fernanda estava saindo do trabalho. "Que chato."

"Pois é. Meu chefe me pediu para trabalhar amanhã."

"Estava louca para sair com você."

"Eu também."

Sentia essa necessidade forçada de confirmar a recíproca, mesmo que falsa, naturalmente. Sua cabeça, quem diria, passava longe de mulheres.

"E hoje?"

"Hoje o quê?"

"Seu chefe também quer que você trabalhe?"

"Não…"

"Então por que a gente não pode sair hoje? Te pego às oito!"

Gosto dessa menina, pensou João, desligando o telefone. *Não é só pela atitude. É pela persistência.*

A dona Faustina, por sorte, estava cochilando quando ele chegou. Boa babá, essa que já ficava havia um tempo, pelo menos não reclamava. Jogado no sofá, Adam assistia a um desenho animado com o tradicional pijama de carneirinhos e o cobertor de flanela. Parecia se divertir. Nunca era fácil ler sua aprovação. Ele grunhiu ao ver o pai. Num vocabulário que dizia: que bom, você chegou.

"Escuta, a senhora pode ficar um pouco mais, quem sabe passar a noite? Vou pagar, é claro", ele pediu, assim que ela se recompôs, culpada pelo cochilo.

"Por quê?", rosnou a voz rouca.

"Tenho um encontro. Sabe como é."

Normalmente, ele nem diria que se tratava de algo do tipo. Quando precisava convencer alguém a ficar com Adam, inventava emergências familiares, até forjava um acidente imaginário de um superamigo do peito. Mas João sabia que a dona Faustina, viúva havia uns bons quinze anos, tinha um fraco por pessoas sozinhas, por corações órfãos. Mais: vivia dizendo que ele devia era arrumar uma moça boa para cuidar do Adam de graça. Ele se eximira do esforço de explicar que mulher nenhuma deveria servir a este propósito único, que é para isso que ele a pagava. Não tinha forças para discutir com cabeças vazias. A sua era cheia de coisas, e doía.

"Claro que fico", ela topou, assanhando-se no sofá. "Fique bem bonito!"

Ele não tinha essa intenção. Tomou uma ducha rápida, barbeou-se no chuveiro e vestiu a primeira camiseta que encontrou no armário. Respingou algumas gotas de perfume, que irritava sua pele, no pescoço, só para não fazer feio com a moça insistente.

"Estarei de volta logo", anunciou, dando um beijo na cabeça do filho e saindo para esperar por Fernanda embaixo do bloco.

Ela queria comer sushi e ele estava cansado demais para dizer que odiava comida japonesa. Quis suco, ela, cerveja. A garçonete não trocou os pedidos na hora de trazer à mesa. Raridade.

"Então, João", ela comentou, abrindo um sorriso bonito, irresistível. "O que houve com a mãe do Adam?"

"Acho que você já sabe, né. Ouvi dizer que a recepção da academia tem muitos dados públicos sobre mim."

"Sei sim", admitiu sem pestanejar. "Mas quero ouvir de você."

"Ela me largou quando ele tinha um ano", respondeu João, pescando um camarão empanado, a única coisa do cardápio que comia.

"Que horror."

"Pois é."

"E você está solteiro desde então?"

"Estou."

"Admirável."

"Nem tanto."

Silêncio. Sashimi. "Traz mais shoyu, por favor?"

Apesar de a companhia ser agradável, João se sentia mal. Encurralado. Estava ficando velho. Pediu licença para ir ao banheiro, jogou água gelada na cara, encarou o próprio reflexo no espelho rachado. *Volta lá e seja macho*, exigiu para si mesmo. Sem saber o que significava isso.

"Eu não saio com ninguém há bastante tempo", confessou.

"Nem eu", admitiu Fernanda, parecendo aliviada. "É meio… maçante."

"Quase isso."

"Eu terminei um namoro longo há uns dois meses. Estou me recuperando. É por isso que não deve me temer, eu acho. Não quero colocar uma corda no seu pescoço, como a maioria das minhas amigas está fazendo com os caras."

Aos trinta e três anos, parecia que encaminhar um casamento era a missão do século. Sem muito que dizer, além dessa confissão tímida, a professora prosseguiu com o questionário.

"Você foi casado com a mãe do Adam?"

Esta pergunta, em especial, era um divisor de assuntos. Frequentemente, ele escolhia a resposta mentirosa, aceitável, que rendia sexo bom no fim da noite. Mas João ergueu os olhos para Fernanda, examinou seu cabelo loiro escovado com afinco, os brincos que imitavam pérolas mordiscando o lóbulo rosado, os cílios grossos sem rímel. Observou até os lábios, carnudos e totalmente beijáveis, livres de brilho. Não era do tipo que exagerava na maquiagem, tinha uma beleza em forma de luz, luz e água. Ela é legal e sincera. Não merece conversar com a máscara dele.

"Na verdade, fui casado com uma mulher antes dela. Que também era veterinária", ele respondeu. "Terminamos quando engravidei a mãe dele."

"Você traiu sua esposa."

"Isso."

"E teve o Adam."

"Aposto que a minha ex chama isso de castigo. Mas nem sei. Não falo mais com ela, ela foi morar no Rio, ou São Paulo, uma coisa assim", disse, com bom humor, percebendo que ela não parecia tão chocada. "Não acho, sinceramente, que o meu filho possa ser encarado como um carma pelas coisas que fiz."

"Você se arrepende?"

Ele fazia essa pergunta a si mesmo pelo menos duas vezes por dia. Desta vez, tinha que mentir.

"Não."

Terminaram a noite transando ferozmente no paliozinho, em um dos estacionamentos do parque da cidade. Os dois estavam sem dinheiro para o motel, Fernanda morava com os pais e João tinha a dona Faustina, a quem desejava tudo, menos uma noite de insônia. Seria cobrado com risadinhas e olhares sacanas, azedaria o leite da convivência.

Com ela encaixada sobre ele, a bunda empurrando o volante, teve o primeiro orgasmo não solitário em meses. Foi desconfortável e gostoso.

"Te vejo na aula?", ela perguntou, quando o deixou em casa.

"Claro."

Ele sabia, contudo, que passaria a evitar a todo custo os turnos dela na hidroginástica. Ele se afastaria lentamente, até cancelar a aula, buscar outra academia. Tinha esse prejuízo.

Nada pessoal, explicaria. É que o meu castigo, de verdade, é o desinteresse.

Cecília

Nunca fui fã de teorias conspiratórias, mas sempre fui especialista em obsessões. Quando tinha uns dezoito anos, por exemplo, convencia-me a cada dez dias de que estava com uma grave doença. Que morreria em breve. Qualquer dor de cabeça me fazia vomitar de pânico. Nada tirava minhas neuroses da cabeça, exceto a opinião de um profissional: no caso da minha hipocondria, um médico gabaritado com um punhado de exames em mão resolvia o problema. Naqueles dias em particular, quando acreditava estar diante de um mistério insolúvel, a polícia era a única capaz de atestar a minha razão. Eu precisava me expressar.

A delegacia, aliás, era quase um postinho sentinela com dois policiais (contando com o doutor Honório, que exigia o título antes do nome). Não havia tanto crime para combater em Pirenópolis, então passavam o dia jogando cartas e tirando sonecas no meio da tarde. Carregavam armas só por charme e me confessaram: às vezes a gente tem até saudade de uns furtos.

Cheguei no plantão noturno, pedi para falar, fui alocada em uma cadeira de madeira, bebi cafezinho ralo e passei a ser questionada sobre minha profissão. Tive que explicar brevemente que estava dando um tempo na veterinária, procurando um emprego, queria voltar para Brasília. Eles me olharam com piedade. Gente desempregada, por ali, devia ser um atestado de incompetência.

"Tenho uma cadelinha vira-lata lá em casa, ela estava meio adoentada, quem sabe a senhorita poderia dar uma olhada?"

Não, eu não podia dar uma olhada, não agora, quase disse, trincando os dentes. Em vez disso, fui meiga e insisti no assunto pelo qual efetivamente estava lá.

O doutor Honório tentou se manter sério, mas dava para ver, no fundo dos seus olhos inchados, que ele estava entediado.

"O médico que cuidava deles atestou a morte. Parada cardíaca", afirmou.

"E vocês se contentaram com isso? E se esse tal médico estivesse errado?"

"A senhora tem que se conformar. Eu sei que é duro, quando perdi minha mãezinha também fiquei assim."

"Não é questão de se conformar. Eu só acho muito estranho que eles dois tenham morrido juntos."

"Eles não faziam tudo juntos?"

"Morrer já é demais."

O homem se mexia de forma desconfortável na cadeira.

"Tenho evidências", eu insisti.

"Que seriam?"

"A dona Luzia me contou que um homem vinha visitando os dois havia algum tempo. Minha mãe, por algum motivo, disse que esse cara era meu primo. Mas eu não tenho primos. A senhora também achou estranho que as portas estivessem abertas, já que eles estavam trancando. O senhor não acha que isso merece uma investigação aprofundada?", expus, com categoria, embora os olhos cheios de lágrimas traíssem minha firmeza.

Dona Luzia, a testemunha, foi a próxima vítima do cinismo policial. Recostado à cadeira de couro, o delegado suspirou pesadamente.

"A senhorita não devia acreditar em tudo que aquela velha louca diz", pontuou. "Ela é louca. Além do mais, quem iria querer matar seus pais? Por qual motivo?"

"Ela não me pareceu nada louca. Na verdade, me ajudou bastante. E o motivo podia ser, sei lá, financeiro? Eles eram bem de vida."

Risinho de canto de boca. Estava lá, o escárnio.

"Não sei nem como dizer isso, mas... bem. Eles estavam incomodados, já. Seus pais."

"Como assim?"

"Digamos que a dona Luzia tem um probleminha. Nada sério. Ela rouba dos outros. A gente começou a perceber isso faz algum tempo, quando ela visitava os clientes e sumia uma coisinha aqui, uma coisinha ali. Como é uma boa costureira, e já está de idade, ninguém faz caso. Mas na condição de vizinha, acho que ela já estava dando nos nervos do Raul e da Nete. Eles vieram se queixar para mim, sabe. Então eu aconselhei: fecha a porta quando for dormir, ou quando for sair e demorar. Assim ela não entra. É mão-leve, a velha, mas tem bom coração. Só está doente."

"Do que o senhor está falando?"

"Da dona Luzia. A sua vizinha lá. Sugiro que a senhorita guarde suas coisas bem guardadas, senão ela pega."

A informação demorou a ser processada, mas, quando chegou ao hemisfério da compreensão, veio feito um soco no fundo da cabeça. Eu queria munição para abastecer meus argumentos, não um motivo para deixar a delegacia cabisbaixa e arrependida. Fiquei parada ali por alguns segundos, feito um peixe suspenso em aquário vazio. "Pois é, pois é", assentiu o delegado, com sua compaixão orgulhosa. "Veja você, que coisa. Posso te dar um cadeado de presente."

A única amiga feita na cidade aparentemente era cleptomaníaca e meus pais estavam mortos sem mistério. Praguejei baixinho enquanto voltava para casa. Não era difícil imaginar minha mãe, que se irritava com frequência com as pessoas (mas era gentil demais para confessar), procurando o auxílio de um policial por causa de uns objetos sumidos, de uma vizinha impertinente. Ela também atribuía importância demais aos especialistas. Quando cheguei na esquina da casa que agora era minha, curiosamente — ou força do pensamento, acreditei — encontrei a dona Luzia em pessoa parada no meio da rua, muito atordoada, trançando as mãos de nervosismo. Enxerguei-a de uma maneira diferente, como em geral se faz ao receber novos pontos de vista.

A lente trágica dos terceiros olhos.

"Menina, você foi na polícia?", ela se queixou. As notícias corriam rápido, pelo visto. Olhei para sua figura encurvada e castanha. Imaginei-a se esgueirando pelos corredores, embolsando um pingente de diamante de mamãe, ou fugindo com os chinelos do pai.

"Fui, dona Luzia. Estava incomodada com as coisas que a senhora me disse."

"Não era pra ter feito isso, menina. Aquele delegado não presta. Não vale nada. Agora cê vai ficar marcada."

"Como assim?"

"Ele não gosta de trabalhar, o safado. Vão ficar contando os dias procê ir embora. Isso não adianta nada. Já falei pra tirar essas coisas da cabeça."

Lunática, pensei imediatamente, me rendendo ao cansaço da aceitação. Gastando meu tempo com mentiras. Maluca. Preciso dormir um pouco, espairecer. Pedi licença, da forma mais educada e gentil que pude, porque não consigo externar nenhum desagrado. Mas ela segurou meu braço, com força. Os dentinhos miúdos e escurecidos tremiam de raiva.

"Eles te contaram, não foi?", seus olhos de fenda queimavam. "Do meu problema."

"Que problema?", desconversei.

Fez um gesto para ilustrar o motivo principal de suas vergonhas: a palma da mão estendida, depois fechada, no símbolo ilusório da mania de surrupiar. Corou, encarou os próprios pés, tentando explicar que roubar as coisas dos outros era como ter um punhado de tesouros falsos. Pude ler o seu embaraço, e olha que seres humanos nunca foram meu forte. Sou uma pessoa de animais.

"Ele mencionou", confessei, fraquejando.

"Já faz tempo que não faço isso", a velhinha disparou, olhando para os lados. Os cachorros, quando fazem algo de errado, agem assim. Com aquela expressão de quem te pede perdão sem merecer nenhuma bronca. "Isso não tem nada a ver com você. Ou com seu pai e sua mãe."

"Mas eu acreditei na senhora."

"Eu posso até ter pegado algumas coisas na vida. Mas eu não minto, nunca menti", disse. "Vou entrar porque está frio. A senhorita pode pensar o que quiser de mim. Mas não sou mentirosa. Não sou mesmo."

Foi galgando os pequenos degraus que separavam a casa dela da minha, resmungando baixinho para os seus fantasmas internos, me deixando de novo ao avesso das ideias. Estava culpada por me sentir culpada e constrangida no processo, mas não podia duvidar do orgulho que ela sentia de si mesma.

"Eu só queria entender o que aconteceu com eles, antes de eu chegar", gritei.

"Não é na delegacia que cê vai conseguir saber as coisas", ela respondeu. "Se fosse você eu ia no doutor."

"Que doutor?"

"O de verdade."

João

Josué, o gerente, avisou que demoraria e demorou mesmo. Por algum motivo suspeito e inexistente já que, na fila do atendimento, só havia João. Esperando tranquilamente, com sua melhor camisa passada a ferro e uma pasta de documentos debaixo do braço, por precaução burocrática. Eram quase amigos, ele e o Josué, de tanta frequência com que se viam. Trocavam gentilezas, apertos de mão e só não falavam mais sobre a vida por falta de espaço na agenda.

Na atmosfera automática do banco, o gerente era uma figura maquiada. Quebrava qualquer gelo com o sorriso zombeteiro de quem não espera mesmo muita coisa da vida. Contava dinheiro por ironia, vestido como um palhaço a rigor, desatento às normas de etiqueta. "É um jeito de ser rebelde, sabe? Atender endinheirados com gravata cor-de--rosa e meias azuis", explicava.

Naquela manhã, quando finalmente resolveu aparecer, os sapatos de couro legítimo deixaram entrever tornozelos de bolinha. A cara é que não era boa. Veio sacudindo o pescoço, suspirando fundo, sem nem uma piadinha sequer acenando de longe.

"É porque, cedo desse jeito, João, fica meio difícil ser divertido."

"É a única hora que deu para vir", emendou o veterinário.

"Está tranquilo, não esquenta. Café?"

"Seria bom."

O ritmo vagaroso do sujeito, manobrando a cafeteira dos fundos, era de matar qualquer um de ansiedade.

"Não vou te enganar. O banco negou", avisou, justificando os rodeios e a falta de açúcar.

Os ombros largos de João, uma cordilheira de expectativas, murcharam ante a notícia.

"Por quê?"

"Porque você não tem renda suficiente para te darem cem mil, João, é por isso."

"Mas você sabe que eu preciso. Meu filho…"

"Eu sei. Porém os chefes não possuem o mesmo coração que eu tenho. Tente entender."

Coração. Um músculo sintetizado em constrangimentos. Como era triste, para o gerente-alegria da agência, ter que engolir em seco toda vez que o pai perfeito entrava no banco. Dia após dia, empréstimo após empréstimo, ele nunca se cansava de implorar.

Josué tinha filhos. Dois. Os moleques já eram adolescentes, mas moravam com a mãe, quase não os via. Só aniversários, natais, coisas assim de calendário que geram obrigações afetivas. Era um sujeito horroroso nos assuntos paternos. Certamente não faria tanto por um menino sem cérebro.

Josué, o gerente colorido, era na verdade um pouquinho cruel.

"Olha só, João, esse dinheiro para conseguir assim só vendendo um carro. Um apartamento. Não tem?"

"Você sabe que não. O divórcio acabou com tudo."

"Foi só uma sugestão."

"Obrigado."

Mas veja como era a vida. Aquele homem, bonitão e jovem, não tinha um puto. O gerente feio, a quem só restava ser engraçado, nadava em dinheiro. *Eu podia até te emprestar*, pensou, vendo o veterinário se arrastar para a agonia diária dos salários incompatíveis. *Mas a natureza já te foi generosa demais, amigo. Pega esse teu rostinho bonito e faz dinheiro com ele.*

"Próximo", chamou, estampando o sorriso sacana e inesperadamente feliz.

Às quatro da tarde, finalizada a feirinha de adoção, sobraram dez cães. Dez vira-latas que não tinham sido bonitos o suficiente para cativar um dono, e agora se contorciam em cercados de arame, o pelo lustroso arrepiado de tristeza. João sempre ficava deprimido quando era obrigado a levá-los de volta. Os que nunca eram escolhidos. Focinhos malhados, manchados e feridos, não tinham sido capazes de seduzir nenhuma das famílias que por ali passara, que só procuravam raças e portes específicos. "Vamos lá, levantem", resmungava, ao ver os cachorros imóveis sobre as folhas de jornal, sem saber se estava dizendo isso para si mesmo. "O mundo não vai acabar por isso."

Mas acabaria. Os animais tinham essa qualidade maior de saber que não daria certo. Os cães, em especial, com toda uma linguagem corporal do fracasso: orelhas caídas, pelo eriçado, rabo em descenso. Eles não sabiam fingir. Eles não tinham que fingir, mais importante de tudo.

Ninguém viera para levá-los embora. O banco negara o empréstimo. Era um dia de azar.

"O carro tá chegando, tu recolhe esses aí, João?", gritou Adamastor, com quatro gaiolas nos braços.

O veterinário acenou, separando as coleiras. Começava a cair uma chuva ralinha no pátio. Nem assim os animais se levantavam. Encolhidos e retesados.

Mas sempre acontece alguma coisa antes do ato final, sempre alguém por último.

"Com licença!"

João ergueu a cabeça quase ao mesmo tempo em que os cachorros, esperançosos com a voz retardatária. Uma mulher de moletom e cabelos despenteados se aproximava com passo rápido.

"Já terminou", disse. "A senhora quer adotar?"

"Não, não", ela respondeu, enquanto olhava para os cercadinhos, avaliando a mercadoria. "Na verdade, estou procurando meu cachorrinho. Jobim. Fugiu de casa anteontem. Estou desesperada."

Ela estendeu uma folha com o retrato impresso de um yorkshire caramelo, de pelos escovados e lustrosos — muito longe, portanto, de qualquer um dos exemplares da zoonoses, com suas feridas recém-curadas de bicho de rua. João não pôde evitar a impaciência.

"Não vi", retrucou. "Mas esses aqui estão procurando um lar."

"Pensei que alguém pudesse ter encontrado o Jobim. Que ele tivesse sido trazido pra vocês."

"Lamento."

"Estou desesperada. Esse cachorro está comigo há dez anos."

"Bom, se a senhora tiver espaço, temos esses aqui…"

Por um momento, a velha até cogitou. Ou fingiu cogitar, lançando um olhar afetuoso para os cães deitados. Mas estremeceu, como que atingida por uma traição insuperável, à simples memória de Jobim. Os olhos cheios de lágrimas se voltaram para João.

"Se chegar alguém com um yorkshire… se vocês virem… por favor. Me avisem. Fica com isso. Aqui atrás tem meu telefone", suspirou, entregando-lhe o panfleto. "Meu nome é Antônia. Estou oferecendo recompensa para quem achar."

O banco negou, lamento, João. Você sempre pode vender um carro, um apartamento.

"De quanto?"

"O quê?"

"A recompensa."

Antônia coçava as orelhas de um dos cães.

"Mil reais."

Mil reais. Mil reais para achar um cachorro. João pensou sobre isso, o folheto no bolso, enquanto levava os bichos de volta para o confinamento, bichos sem dono, sem recompensa. "Onde estaria você, Jobim", perguntou a si mesmo.

"Tudo bem. Eu aviso."

Será que existiriam cem Jobins perdidos no mundo, com cem donos dispostos a pagar pelo retorno?

Cecília

Em outro contexto, em uma terceira vida, eu poderia ter me encantado por Osvaldo Gebrim, como uma mulher costuma se encantar por um homem charmoso e disponível. Ainda atraente, quase aos setenta anos, ele não deixava as rugas desmerecerem sua aparência imponente, ao contrário: faziam até pensar que viver tanto tempo valia a pena. Era uma pessoa que oferecia conforto ao sorrir, o oposto do que insinuava o título, de gente pomposa e exagerada. Talvez porque não se importasse nem um pouco em seguir o figurino caricato da medicina, no consultório que também fazia as vezes de lar.

Chinelos e bermuda. Veio me receber assim, abrindo a portinhola da cerca de meio metro. O mato invadia a pequena trilha de cimento, serpenteando por arbustos de plantas que cheiravam bem. Esta casa, um chalé de madeira moderno e arejado, era o eldorado no fim do caminho, na chácara que ficava a uns bons vinte minutos sacolejantes de carro. Distância que centenas de moradores — e não moradores, diga-se de passagem — percorriam em busca do talento de um clínico em fuga.

"Eu queria ser artista", justificou o médico, abrindo a mão para apresentar as pinturas emolduradas na sala, sombreando sofás caramelo com tapetes felpudos. Eu me espantei com a limpeza, o bom gosto, a facilidade com que permaneceria ali para sempre, se fosse convidada.

Ele tinha sido muito educado e prestativo ao falar comigo pelo telefone. A voz rouca e pausada logo se pôs a confirmar que sim, é claro que estava disposto a conversar sobre a saúde dos meus pais. Quando eu quisesse, até se fosse agora.

Em vinte minutos, pontilhados pelo canto dos passarinhos lá fora, ele só falou de si mesmo. Um breve resumo da curiosa trajetória e eu soube, enfim, quem era Osvaldo naquela procissão de figurinhas carimbadas: um hippie de estetoscópio famoso o bastante para querer desaparecer. Não pude deixar de notar os recortes de jornal pendurados de forma desleixada por todas as paredes, que escancaravam de propósito uma trajetória gloriosa e esquecida. O doutor mágico era um pesquisador influente, um dos cem jovens talentos da ciência brasileira que um dia veio a acordar doente, com febre, e se cansou de ser brilhante. Ninguém entendeu por que ele partira, havia trinta anos, para se esconder.

"Sou feliz aqui", concluiu. "É fácil cuidar das pessoas que também são felizes."

Concordei, hipnotizada pelos dentes tão brancos e as mãos pesadas.

"Foi o senhor que assinou o atestado de óbito dos meus pais?", questionei, voltando à realidade.

"Sim", ele respondeu, serenamente

"Você não precisou pedir uma autópsia."

A princípio imaginei que, assim como os outros, Osvaldo fosse tratar as minhas suspeitas com desrespeito. Ele não fez isso. Apenas acenou, compreensivo, levantando-se para pegar duas xícaras na pia da cozinha, que lavou de forma vagarosa. Serviu chá-mate com biscoitos de nata e castanhas, feitos em casa. Estava delicioso. Não pode ser nada positivo, pensei, encarando o fundo seco da xícara. Era uma tendência naquela cidade, consolar as pessoas com comida boa.

"Então, Cecília. O que sabia sobre a doença do seu pai?", ele recomeçou, de forma conciliatória, empurrando mais biscoitos para o centro da mesinha.

"Ele teve câncer. Mas tentamos um tratamento uns anos atrás e ele respondeu bem. Não havia mais sinal da doença, pelo menos há uns cinco anos."

"A data que a senhorita foi embora."

"Como sabe disso?"

Um gesto despretensioso cortou o ar.

"Ele me disse. Vinha aqui duas vezes por mês. Falava muito de você", a voz do médico de repente soava alta. Alerta. "A doença voltou. Mas ele não contou, para não te preocupar."

Não, pensei, *meu pai não faria isso.* Ele sabia que eu voltaria imediatamente se ele piorasse.

Faria sim, respondeu a voz mimada e tímida que eu nunca ouvia. Faria porque era típico do senhor otimismo, chamar um câncer de "dorzinha" e dizer que estava tudo certo mesmo se estivesse vomitando sangue.

"E é assim que o senhor atende as pessoas? No meio do mato? Não tem aparelhos, exames? Como faz os diagnósticos?", retruquei, na retaguarda dos arrependimentos.

"Eu não faço diagnósticos. Examino e peço que eles procurem, como você diz, os *aparelhos*."

"Está me dizendo, então, que meu pai teve outro câncer?"

"Isso mesmo."

"E ele ficou calado?"

"Foi a escolha dele."

"E ele morreu por isso?"

Mais uma pausa, mais um pouco de chá. Sem perceber, as lágrimas chumbavam o meu rosto. Azedavam o gosto.

"Não havia mais nada que eu pudesse fazer", sussurrou Osvaldo.

"Ele tinha muito medo de morrer", eu resmunguei. "Ele ia querer tentar de tudo. Ele sabe, eu sou veterinária, eu sei um pouco de medicina, tenho amigos médicos. A gente tentaria de tudo."

"A gente morre é dos nossos medos. Ele não desistiu. Só… não tinha como. Seu pai estava com metástase, Cecília, compreende?"

Pouco depois de ter começado a trabalhar em consultório — tinha acabado de sair da faculdade —, certa vez recebi um cachorro terrivelmente doente. Um tumor na garganta que havia se espalhado. Não viveria muito mais. Era o doberman de um militar da Marinha. Um sujeito alto e forte que não pôde evitar cair de prantos diante da notícia. Chorando como uma criança, porque o afeto pelos animais desconhece idade e tamanho. Eu havia dito: "seja forte, Alexandre, e dê ao Tony uma partida justa, o coitadinho está sofrendo". "Você faz isso?", perguntara o militar. "Faço", retruquei. Foi o primeiro cachorro que eu matei, o que me doeu profundamente (depois, no centro de zoonoses, eu sacrificaria uma dezena de outros bichinhos, até descobrir que não doía mais). A gente se acostuma com a crueldade do fim.

Menos quando o cachorro é nosso.

"Meu pai não passou por isso sozinho, não é possível", lamentei, fungando. "Aquele teimoso…"

"Não. Sua mãe estava com ele. Não se esqueça."

"E qual sua teoria sobre ela? Também estava com câncer e não me contou?"

Eu queria soar desconfiada, agressiva, mas já estava me despedaçando em conformismo.

Mexendo-se de forma desconfortável na cadeira, o médico continuou seu bombardeio:

"Você sabe que o coração dela estava muito fraco."

"E daí?"

"Eu te falei. Ela estava com ele."

"E daí? Fala logo."

"Bom, a minha teoria, digamos que é só uma teoria, porque eu não estava lá", despistou. "A minha teoria é que, ao acordar no meio da noite e encontrar o seu pai... bom. Acho que o coração da sua mãe não resistiu à dor. Ele não apenas parou. Acho que foi um coração que se partiu. A Margarete literalmente morreu de tristeza."

"Você não conhecia a minha mãe."

Ela era tão transparente, por outro lado, que qualquer um a conheceria em meia hora de conversa. Seus temores, sua fala desastrada, sua bondade ilimitada que desconhecia padrões.

Filha, eu não quero ficar sozinha. Eu odeio ficar sozinha.

Ela dizia isso, quando o pai saía para viajar e eu estava ocupada dando faxina no meu apartamento. Naquele tempo, eu vivia com meu marido em uma quadra onde a poeira flutuava no céu, se infiltrava nos quartos e envelopava os móveis. Ele me espreitava, sorrateiro, ao telefone. Reclamava de eu ter que sair para dormir com a minha mãe porque ela tinha pavor da solidão.

"Ela tinha pavor da solidão", ouvi-me confirmando.

Osvaldo se ofereceu para me abraçar, mas eu não quis.

Está na hora de ir embora, pensei, enquanto voltava para casa. Embora fosse dia e fizesse uns trinta graus lá fora, fechei todas as janelas quando cheguei. Queria o escuro. O conforto de não enxergar mais nada. Notei no ar um cheiro diferente, porém. O cheiro de outra presença.

"Cecília."

Era um homem, mais ou menos jovem, alto. Sentado no sofá, certamente apanhado de surpresa na minha afobação em me isolar, quase me matando de susto com sua liberdade. Eu quis gritar, mas só dei um passinho para trás, cauteloso. O medo congelou todas as minhas preocupações.

"Calma, calma. Meu nome é Caio", disse ele. "Você não vai acreditar, mas eu sou seu irmão."

João

Com Adam devidamente alimentado e uma música suave tocando no rádio — era domingo de manhã, única hora de folga para os dois —, João ligou o computador. Vestia só uma calça de moletom e uma das mãos estava ocupada segurando a xícara de café. O filho olhava para ele do sofá. Ou parecia olhar. Nunca era fácil descobrir a direção.

Abriu o Facebook. Dezenas de notificações, convites para jogos toscos, mensagens. Sua foto de perfil lembrava dias melhores: sorria, bronzeado, naquela viagem para o Rio de Janeiro, quando Adam nem sonhava em existir. Estava sozinho no retrato, a outra pessoa tinha sido cortada no Photoshop, era uma mão fantasma no seu ombro. Saiu bonito — ela, por outro lado, saiu da foto, da vida.

Afastando o passado da memória, João respondeu a três ou quatro amigos que perguntavam, em mensagens sem data, se ele estava vivo, se queria ir àquela festa. Estou, digitou. Muito trabalho, desculpa, completou. Odiava o Facebook. Primeiro porque não se dava bem com tecnologias em geral, seu celular era de outra década e o computador, mesmo, só tinha porque era presente. Também não se encaixava na lógica daqueles mundos fictícios reproduzidos em tela líquida, onde todo mundo era bonito, feliz e tinha a vida melhor que a sua. Acabava em depressão só por rolar as novidades do dia. Fulano na Europa, Cicrana (que ele tinha dispensado no ano anterior) supergostosa na praia, o idiota da faculdade com um carro do ano.

E eu aqui, com meu filho suspenso em silêncio e uma conta bancária falida.

Ignorando o sentimento daquele monstro que se insinuava no pé da barriga, o veterinário foi direto ao que procurava: a aba dos milhares de grupos que frequentava. Pelo menos dois eram de ONGs de animais, fundadas por amigos de amigos seus. Brasília era pequena, e os clãs se multiplicavam dentro de um mesmo círculo. Quase lição de conjuntos matemáticos — contém ou não contém. Tinha o grupo dos defensores da legalização da maconha, que levava ao grupo dos naturebas, dos veganos, o grupo de caronas para a Chapada. Na sua praia, no mesmo patamar — seria a categoria dos Loucos por Animaizinhos? — estavam o cara que matava os cachorros (como ele) e o cara que os protegia.

Lar São Francisco era o nome de uma das ONGs. O dono tinha trinta e nove gatos (e contando). A página estava cheia de anúncios de adoção, mas, rolando entre os posts, João logo filtrou — e separou — o que procurava. Letras garrafais, o desespero em caps lock. PROCURA-SE CACHORRO. PERDI MEU CACHORRO. GATO PERDIDO NA 202 SUL. SE ALGUÉM ENCONTRAR, LIGAR PARA 9912828.

João imprimiu todos os avisos. Um total de dez bichos perdidos, de donos desesperados e carentes por afeto. Nova era, concluiu. Hoje em dia, nada de anúncios colados em postes. A moda era divulgar on-line. As pessoas viviam na internet, e era na internet que anunciavam achados e perdidos.

Primeiro, circulou os endereços de partida. Sabia por experiência própria que, se não estivessem mortos, os animais que se perdiam tinham uma tendência a percorrer um raio de dez quilômetros da própria casa. Nunca saíam dali. Seria fácil encontrá-los, se arrumasse tempo para isso. Uma tarde inteira. Depois, quem sabe, levaria o dinheiro de gratidão dos donos.

Seria um caçador de recompensas moderno, de recompensas domésticas.

"Dona Faustina", decretou, ligando para a babá. "Pode vir ficar com o Adam hoje? É urgente."

Começou por Jobim, o yorkshire caramelo que havia escapado de uma casa espaçosa no Park Way. João caminhou entre as mansões e os condomínios horizontais, percorreu as pistas largas, usou um apito especial, mas só atraiu ratos. Perdeu duas horas no processo.

Exausto, concluiu que Jobim tinha sido atropelado — ou sequestrado. Para completar, no Park Way não passava ônibus. Riscou da lista e perdeu cinquenta minutos até conseguir voltar para o Plano.

O próximo cachorro, Simba, tinha se perdido na Asa Sul. Mais perto. João olhou até embaixo dos carros. Era importante olhar embaixo dos carros, muitos procuravam abrigo ali, sem se atentar ao perigo mecânico. Também questionou os porteiros dos prédios, os síndicos. Dizia que eram seus, os bichos. Para tornar tudo mais verossímil. Mas ninguém tinha visto. De repente, Brasília pareceu gigante. De repente, percebeu como os malditos pilotis — erguendo prédios sem barreiras entre si — eram um convite ao deslocamento e às fugas.

Às seis da tarde, sem encontrar nenhum dos cachorros e gatos extraviados, o veterinário percebeu que não seria uma missão fácil. No Parque da Cidade, comprou uma água de coco e deu uma pausa no trabalho. Sentado no gramado. Observando as pessoas passarem, correndo, arrastando carrinhos de bebê. Gente bonita e malhada. Que passeava ao ar livre como se nada no mundo os impedisse de respirar. Era um parque gigantesco e, mesmo assim, havia pessoas demais. Quis correr para um lugar mais isolado, calmo, mas teve medo de ser assaltado.

Sozinho na sua contemplação sem sentido, passou a observar os cachorros livres, em especial. Melhor: o cachorro livre, porque havia um dálmata sem coleira, deslizando entre a multidão como um lorde de pernas arqueadas.

Tirando as fotos do bolso — um acesso, uma ideia —- localizou em sua triagem o anúncio: um rapaz procurava um dálmata. De ontem. Perdido havia um dia.

Correu desesperado atrás do cachorro, desviando dos obstáculos, da superlotação na pista de corrida. Quase foi atropelado por uma bicicleta. Não era uma miragem: localizou o animal bebendo água tranquilamente de uma poça no chão. Levou menos de dois minutos para agarrá-lo, usando uma técnica de imobilização própria para não ser mordido. O bicho, contudo, era dócil. Dócil até demais.

"Te peguei, danadinho. Tá na hora de voltar para casa", sussurrou, vitorioso, erguendo a criatura pesada.

Levou uma lambida na cara e teve a visão subitamente bloqueada.

"O que você tá fazendo com meu cachorro, cara?"

Um homem de sunga e viseira olhava para ele com fúria.

João se apressou com as desculpas. Disse que se enganou. "O seu é a cara do meu", essas coisas. "Foi mal."

"Tranquilo", respondeu o sujeito, desenrolando a coleira da bolsa.

O veterinário chegou em casa moído e fracassado, como sempre.

"Fiz lasanha", anunciou a dona Faustina.

"Obrigado. Vou tomar um banho", resmungou. "A senhora pode ir."

Passou para dar um beijo em Adam. No corredor, rumo ao banheiro, teve um acesso de riso. *Eu quase roubei a porra de um cachorro*, pensou.

Eu quase roubei um cachorro, pensou de novo.

Cecília

"Você quer tomar alguma coisa? Eu estou morto de sede", ele resmungou, antes de me arrastar para o primeiro bar da rua, pedindo uma dose pura do melhor uísque. O melhor uísque era um Red Label. Observei esse meu suposto irmão erguendo o copo, os dedos cheios de anéis de ouro, cheirando e praguejando contra a bebida que não favorecia o encontro. Procurava alguma semelhança naquele rosto ossudo e comprido, nos olhos escuros e puxados, no corpo alto e desengonçado. Não encontrei nenhuma. Esse homem não é meu irmão, não pode ser.

A história que ele contava, contudo, poderia ter acontecido. Acontece a cada segundo com uma família que se julga à prova de invasores. Por que é que eu achava que o Raul estava isento? Só porque nasci de uma impossibilidade, quase meio século depois, e fui convencida de que era um presente divino para selar a paz de um casal perfeito?

Meus pais não eram perfeitos. Às vezes eu gostava de fingir que sim, mas havia rusgas entre eles, brechas mínimas. Quando brigavam, o desentendimento não invadia a casa em forma de gritos e louças quebradas, era mais uma fumaça venenosa de silêncio que pairava sobre os corredores, o filme mudo e intoxicante. Calmaria falsa, artificial. Olhos que se evitavam e a mãe invadindo meus cobertores para dormir comigo, no começo da noite. Tão imperceptivelmente quanto a briga começava, porém, eles se reconciliavam. Não havia vontade de desfazer essa cortina.

Caio Bretão Gonçalves, trinta e nove anos. Mais velho que eu e, portanto, anterior ao milagre da minha existência. Não levava o nome do meu pai, porque nunca havia sido reconhecido. Era natural de uma pequena cidade do Amazonas. "Nasci na beira de um rio, acredita? Como um índio", contou, embora eu duvidasse que ele se orgulhasse de suas origens ribeirinhas. Tinha um ar teatral, um pouco afeminado.

"Seu pai, nosso pai — me desculpa Cecília, ainda estou me acostumando a essa ideia de ter uma irmã — conheceu minha mãe durante uma ação da igreja. Você não sabia que eles eram missionários?"

É claro que eu sabia que eles tinham sido missionários e, diante daquela informação, as origens genéticas de Caio ganhavam mais veracidade. Os tempos de missão cessaram imediatamente após eu nascer, mas a fé em nosso senhor Jesus Cristo havia arrastado meus pais para lugares quentes e úmidos, longes e inacessíveis. Lugares onde Deus podia ter esquecido seus filhos, porque não rezavam, eram selvagens, toscos e perdidos em dialetos. Em crenças desviantes. Meu pai, ainda sadio, e minha mãe, ainda desconfiada, partiam rumo a esses pântanos de aparente ignorância, munidos de Bíblias e palavras suaves. Tentavam convencer as famílias que visitavam a ligarem esse suposto alto-falante que era a oração. Para serem lembradas por quem as esqueceu ali.

Até que, é claro, a tentação interrompeu a coerência do comunicado. Eu não precisava que Caio me contasse com detalhes. As pernas da moça morena, filha mais nova do pescador que gentilmente oferecia uma cama ao casal iluminado. Margarete, entretida com a descoberta de que, ali, os homens congelavam peixes com um método próprio. Raul, descansando na rede com o chapéu no rosto a protegê-los dos mosquitos, a protegê-lo da visão maravilhosa que eram as pernas esguias da moça morena.

"Fui concebido em um bananal", explicou Caio. "Seu pai, nosso pai, pegou a minha mãe no meio da plantação, depois foi embora ajeitando as calças e nunca mais voltou. Ela mandou uma carta, endereçada à igreja, para avisar que eu estava para nascer."

"E o meu pai?", perguntei, meio sem querer saber a resposta.

Alegremente, Caio deu de ombros. Não, ele não voltou para batizá-lo. Tempos depois, a moça soube que a esposa do missionário estava grávida e desistiu. Não dá para desfazer a família do homem.

"Nunca senti falta dele", Caio atestou, chupando o gelo do copo seco. Fez um sinal para o garçom de que queria mais uma dose. Seus olhos puxados já estavam incandescentes de mágoa.

O silêncio se interpôs entre nós. Eu devia doar a minha solidariedade, mas ele continuava um estranho.

"Como você veio parar aqui?", perguntei, porque afinal era o que importava. O agora. A cidadezinha parada no tempo, seca e quente, a milhares de quilômetros da terra suada do moço, da terra quente e molhada.

"Por causa disso aqui. Você nem imagina o trabalho que deu para chegar... Eu queria ter vindo a tempo para o velório, mas nem deu."

Bebericando distraidamente o novo copo de uísque, Caio tirava do bolso um papel amassado e estendia para que eu lesse. Com o coração na ponta dos dedos, esse gesto desolador e irracional, desdobrei cada ruga da folha, sabendo que a mensagem era, possivelmente, uma dessas bombas capazes de destruir uma vida inteira. Reconheci a caligrafia do meu pai, tímida e encurvada, a letra de um banqueiro devastado de culpa:

Pirenópolis, setembro de 2018

Caio,

Sei que quando era garotinho você sonhava com estas palavras, e não sabe a dor que me traz saber que eu te fiz desistir de ter um pai. Não espero que me perdoe algum dia, porque a falta de amor só fere mesmo a quem o nega. Sou eu o desgraçado, não você. Eu que não quis te conhecer. Não há nada que conserte isso. Entro em contato contigo agora, tantos anos depois, por minha pura vaidade. Não é um tipo de compensação, porque sei que não vai adiantar. Também fica a teu critério corresponder.

Estou muito doente e devo morrer em breve. É um fato. Talvez eu já esteja morto quando esta carta chegar em suas mãos. Não estou com medo, mas tive para mim que partir sem te dar um pouco de alento seria um bocado indigno da minha parte. Sei que pagarei pelos meus pecados do lado de lá e não temo o castigo divino. Mas quero fazer algo, enquanto ainda posso. Queria te conhecer.

O telefone do meu advogado está anexo a esta carta. Fale com ele, por favor. Peço também que se dirija, o mais rápido que conseguir, ao município de Pirenópolis. Tem um mapa dentro do envelope, com meu endereço assinalado. Você talvez possa conhecer a Cecília, sua irmã. Quem sabe vocês podem marcar de se encontrar um dia? Ela provavelmente se sentirá muito sozinha depois que eu partir, então seria bom se você aparecesse. Ela vai gostar de saber que tem um irmão. Ela sempre quis ter um irmão.

Com carinho,
Raul Martins.

Caio sorria, satisfeito, enquanto eu perdia meu chão.

"Do que ele morreu mesmo? Procurei saber aqui, mas todo mundo me falou que o casal teve parada cardíaca. Sinto muito pela sua mãe, aliás. Ela deve ter sido uma mulher muito boa."

"Ele estava doente", murmurei em resposta.

"Pois é. Fiquei pensando comigo, pra ele saber que vai morrer assim, ou ele ia dar um tiro na cabeça, ou devia tá doente mesmo."

Caio tagarelava, sem a menor sutileza.

"Então", pigarreou. Senti que o propósito da sua visita não tinha nada a ver comigo. "Você já ligou para esse advogado, para saber sobre o testamento?"

Minha cabeça voava longe de meandros jurídicos.

Eu pensava, ininterruptamente, *ele sabia que ia morrer. Ele calculou quando iria morrer, definhando devagarinho, o câncer se espalhando com autorização. Para sobreviver, não fez nenhuma aposta. Na carta, nenhuma menção à minha mãe, que deve ter cuidado dele, até o fim, até saber que não conseguiria restar. "Cecília se sentirá sozinha. Ela vai gostar de saber que tem um irmão."*

De alguma forma, ele sabia até que eu estaria ali.

Sabe o que mais me incomodava? Não era nenhuma daquelas palavras póstumas, afiadas, que me apunhalavam pelos olhos, porque eram palavras dirigidas a um terceiro. O que me perturbava, no meu imenso egoísmo, era que para mim — a filha original, a filha que o teve ao lado por uma vida inteira — não havia nenhuma carta de despedida.

João

Enzo não parava de chorar. Ela não sabia mais o que fazer. Serviu o almoço, trancou-se no banheiro, ligou para o marido. "O Enzo não para de chorar e eu não sei mais o que fazer", foi o que disse. O homem suspirou. "Estou no meio de uma reunião, Camila. Dê um jeito."

Ela se sentia terrivelmente sozinha naquela mansão de trinta mil quartos, para onde se mudara havia pouco menos de um mês. Achava que se acostumaria ao requinte e à imensidão dos quartos, ao jardim com esculturas de sebe, piscinas (três!) e ao sol se pondo nas quadras de tênis. "Como não se acostumar à riqueza", duvidavam suas amigas. "Você é sortuda pra caramba, Camila", completavam. "Casou com um ministro, está feita."

Mas Camila ia encolhendo de desespero a cada dia. Dormia e acordava sozinha. Tinha o lago Paranoá do outro lado da varanda, mas morria de vontade de voltar para o apartamento que dividia na Asa Norte com as amigas. Ainda por cima, havia aquela criança, aquele ser. Ela tinha vinte e três anos, pelo amor de Deus. Não tinha maturidade, capacidade de ser mãe de um filho que não era seu.

O garoto, apesar dos dez anos completos, agia como se tivesse cinco. Gritava, esperneava quando era contrariado. Nunca parava quieto. Destruía os ambientes como um pequeno demônio enfurecido pelas coisas que davam errado. No último aniversário, tinha recebido de presente um cachorro. O pai achou que faria bem dar um filhote para aquele modelo da crueldade em miniatura. O menino não tardou a construir armadilhas, a jogar o husky siberiano na piscina para ver se o bicho sabia nadar, às vezes prendia o animal e se esquecia de dar comida. Agora que o coitadinho tinha sumido — fugido pelo portão, aparentemente, para correr daquela tortura — dava para chorar de saudades e afeição.

Os ouvidos de Camila protestavam, chiavam, saíam de frequência. O menino chorava tanto que ela só tinha alívio no jardim, fumando um de seus cigarrinhos de consolação, em um lugar à prova de som.

"Dona Camila?"

Chamou o porteiro, Manoel — isso ela conseguiu captar. Boa gente. Um dos únicos naquele mausoléu de desolação. Tinha o direito de interromper.

"Tem um moço aí do lado de fora. Parece que achou o cachorro."

O coração deu um salto proporcional ao alívio.

"Sério, seu Manoel? Então bota esse anjo para dentro, pelo amor de Deus."

João entrou, cauteloso, segurando o filhote de husky siberiano no braço. Pelo caminho até a porta de entrada, fez o seu orçamento mental: mil e quinhentos reais, no mínimo. Não queria parecer um mercenário, mas com uma casa daquelas...

Foi melhor do que ele podia imaginar. A mulher que o recebeu, uma garota ainda, tinha olhos de felicidade. Ali estava um trabalho que compensava todo o resto: pelo menos, podia ver um pouquinho de gratidão. "Graças a Deus", ela disse, estendendo os braços para apanhar o cachorro.

"Não sabe como estou grata. O filho do meu marido está chorando há dias por causa desse cachorro."

"Eu o encontrei na rua. Estava quase sendo atropelado. Tive que me jogar na frente de um carro, praticamente. Quase morri. Aqui perto, mesmo. Perguntei de casa em casa até que alguém reconheceu como sendo dos senhores."

João poderia ter sido ator, em outra vida. Era um exímio mentiroso.

"Ai! Eu preciso recompensá-lo! Por favor, me fale uma quantia", ela murmurou, de olhos arregalados.

"Imagina..."

"Não, faço questão. Só dizer um valor. Vou pegar a minha bolsa."

Eu pago o que for preciso para fazer aquele moleque calar a boca, Camila pensava.

Na saída, com um cheque a tiracolo preenchido e assinado com uma senhora quantia, João acenou para o porteiro. Manoel, era o nome dele. Discretamente, passou ao sujeito uma nota de cinquenta.

"Valeu, parceiro", murmurou.

O velho nem respondeu, só abriu o portão. Não estava lá, não tinha feito nada, não o conhecia. *Nesse Brasil, todo mundo é corrupto*, pensou João. Roubar cachorro não era nada.

Pelo menos devolveria depois.

Cecília

Será que ela sabia? A pergunta me manteve acordada a noite inteira, Caio atolado no sofá, com uma névoa de álcool velando seu sono, eu perdida e magra na cama de casal. Meu pai, provavelmente, deve ter confessado o caso. Ela, com certeza, o perdoou. Minha mãe tinha a mania de perdoar Deus e o mundo, eu podia imaginá-la recebendo a notícia. Murchando de choque. Depois, aceitando — o quinto degrau da evolução humana. Querendo, até, conhecer esse rapaz. Só eu não sabia, concluí no escuro. Senti raiva, esmurrei o travesseiro. Voltei a deixar minha cabeça cair. Não tinha sonhos, não dormia de novo. Lembrava, e as lembranças costumam ser barulhentas.

Embora não pudesse precisar quais foram nossas últimas palavras, andava me recordando um bocado das conversas derradeiras, principalmente agora, com tanta informação de bastidor. Queria poder dizer que fui uma filha amável e dedicada a poucos meses da notícia mais cruel da minha vida. Mas, como costuma acontecer, eu era só um ser humano exausto procurando me encaixar no mundo enquanto a existência deles estava prestes a se encerrar.

Eram tempos atribulados, eu tinha preguiça de falar ao telefone — eles ligavam todos os dias. Preguiça de dizer que fracassara novamente em encontrar um emprego, que as coisas andavam ruins, piores do que tudo. Falava rápido, para encerrar a ligação e voltar ao conforto do sofá, onde me esperavam a xícara de chocolate quente, as pantufas e mais episódios de *Breaking Bad*.

Eles mandavam dinheiro para o aluguel e outras despesas, todos os meses, religiosamente, desde que eu havia perdido o último emprego. Aquilo me destruía. Na cozinha, como o resto do meu pesadelo, a louça se acumulava, Mariana ficava irada, era a rotina que me causava enjoo, mas eu estava fraca demais para encerrá-la. Uma rotina que começava ao toque do celular, com minhas mentiras engatilhadas. Oi, mãe. Está tudo certo, e por aí?

Eu sabia que nunca seria o que eles esperavam, que não teria o menor sucesso, nem ganharia tanto dinheiro. Eu havia tido tudo, absolutamente tudo, mas era incapaz de fazer alguma coisa com isso.

Nos últimos meses, eles não pareciam sentimentais, tristes, sequer nostálgicos. Não me deram nenhuma pista do drama que atravessavam sozinhos, com uma doença em estágio avançado e um filho extraviado de outra época. Tratavam-me com a gentileza e a cortesia de sempre. Falavam amenidades.

Não chovia fazia um bocado de tempo. Diziam que estavam pensando em adotar um cachorro, que poderiam ir até Brasília fazer isso; no "meu antigo" centro de zoonoses, ainda tem feirinha de adoção, para evitar que aqueles pobrezinhos fossem exterminados?

Tinha isso, é mesmo, meu pensamento de repente parou por ali: pouco antes da morte que se aproximava, eles queriam adotar um cachorro. Não fazia o menor sentido. Saber que vai morrer e adotar um ser vivo, dependente. "Vou adicionar isso à lista de perguntas sem respostas", pensei, antes de cair no sono, às cinco da manhã.

Às oito, Caio me acordava, com uma lata de cerveja na mão, e eu já tinha me esquecido de tudo.

"Não é um pouco cedo para você estar bebendo?", resmunguei, exausta. Mirei meu rosto no espelho e mal pude acreditar naquelas cavernas odiosas onde antes se enterravam os meus olhos.

"Não é um pouco cedo para você bancar a irmã chata? Anda, levanta, temos muito a fazer hoje", ele retrucou, a voz um pouco mais aguda que na noite anterior.

Em um dia e meio, caminhando pela vizinhança como se fosse um rei nativo do lugar, Caio já conquistara metade da cidade, cada porta com seus habitantes incrustrados na madeira. Descia a ladeira, com um saco de pão debaixo do braço, cumprimentava os comerciantes. Era falador, simpático, propenso a contar histórias, o visitante perfeito para aquela gente que vivia de conversa fiada.

Acordava cedo só para desbravar os seres diferentes (um vampiro que se alimentava de sorrisos forçados). Muito melhor que eu, com a minha aversão a comportamentos matinais e a falta de disposição para entabular diálogos na rua.

"O que temos que fazer?", perguntei.

"É sábado! Ouvi dizer que aqui tem um monte de cachoeiras. Pensei, sei lá, em passear um pouco. Você está com uma aparência horrorosa, está precisando tomar um sol, não me leve a mal."

Sem conseguir me decidir se o convite era fofo ou estúpido, aceitei. Não tinha calçados apropriados para a caminhada, nem roupa preparada para o calor escaldante da trilha, mas fui. Logo ficou claro que ele tinha planejado o passeio com o meu carro alugado, eternamente estacionado em frente à casa da dona Luzia. A casa da costureira, que estava acordada, quase esperando por nós. Parada na calçada, me olhou daquele jeito sinistro, encabulado e, antes que eu desse a partida, pediu um minuto. "Quero falar com você."

Parecendo contrafeito e agoniado, Caio disse que esperaria dentro do carro.

"Quem é esse menino?", ela perguntou, fechando a porta. Eu me sentia um pouco inquieta. Desde nossa última conversa, a costureira me evitava (ou nos evitávamos mutuamente). Eu não tinha voltado para dizer o que tinha descoberto com o doutor Osvaldo. Não tinha voltado para tomar café e comer bolo de fubá.

"É o meu meio-irmão. Longa história."

Por que diabos eu estava me sentindo tão desconfortável perto daquela velhinha? *Ela só quer te ajudar, Cecília. É uma pobre coitada, ainda por cima doente, e você age como se estivesse escondendo uma bomba de rancor*, martirizava-me.

"Ele parece com o outro", ela avisou, tremelicando as mãos daquele jeito que eu já tinha sacado como uma mania. "O que sua mãe disse que era sobrinho dela."

A bomba estourou em silêncio. Um pouco histérica e cansada, tentei ser racional.

"Parece ou é ele, dona Luzia?"

"Minhas vistas são ruins pra te dizer certinho, mas parece muito."

A voz do delegado flutuou no meu ombro esquerdo: "Se eu fosse você não ouvia a velha, ela é louca". No meu ombro direito, a paranoia.

"O que te lembrou dele?"

"O outro também era assim, alto. E moreno. Parece com meu filho."

"Bom, acho que não são a mesma pessoa, não. O Caio só chegou na cidade ontem. Na realidade, só chegou na minha vida ontem. Mas obrigada por avisar. Um dia descubro quem é esse homem misterioso que a senhora viu."

"Toma cuidado, minha filha."

Só de raiva, bati a porta com força ao sair para a rua. Entenda, eu nunca quis que as suspeitas me embrulhassem o estômago. Eu só queria gostar de Caio — porque meu pai estava certo, sempre quis um irmão —, apreciar uma tarde com ele, na cachoeira. Só queria trancar a porta, botar o lote à venda, sair dali o mais rápido possível e enterrar meus pais de vez. Não queria escutar a voz da vizinha, plantando veneno. Talvez seja ingenuidade, não sei, essa minha propensão aos sinais estranhos, enviesados, a vida não é perfeita, não é tecido imaculado. Eu desconfio. Sempre fui assim, desde que era criança e percebi que o perigo é mais perigo na distração. Tenho que provar cada uma das minhas teorias para descobrir que estão erradas.

Não que eu tenha inquirido o Caio, em particular, não naquele momento. Tentei parecer normal, natural, enquanto dava marcha a ré rumo ao nosso delicioso passeio. Mas parecia que, desde que eu havia chegado na cidade, tinha caído em um arsenal das minhas maiores fraquezas: um eterno disse me disse, que me atordoava e me confundia.

"O que aquela velha queria contigo?", o Caio perguntou. Não soou preocupado.

"Nada, não."

"Ela parece que não me curte muito, né? Fica me olhando torto. A única que eu não conquistei. Cidade pequena é um negócio tão engraçado, você não acha? Todo mundo cai na sua lábia. Eu podia mentir que sou o presidente que esse povo acredita."

"Você andou mentindo para eles?"

"Claro que não. Não sou bom com mentiras."

"É mesmo?"

"É. Falando nisso, preciso te dizer uma coisa. Você já sabe, já deve desconfiar, mas vou dizer mesmo assim."

Suei frio na hora de passar a marcha. Estava com medo do meu irmão, debruçado sobre a janela, com seu sorriso torto. Um medo infantil, tolo e desnecessário.

"Eu sou gay."

"Ah."

"Espero que você não seja, tipo, homofóbica."

"Não."

A cachoeira ficava no caminho do sítio do doutor Osvaldo. Passamos por lá, vislumbrei o teto caiado. Seguimos em frente. Eu começava a me acalmar lentamente. "Deixe de besteira, Cecília."

"Estou te contando isso porque, se somos irmãos, não podemos ter segredos."

"O.k."

Para mim, aquilo de fato não significava absolutamente nada. Minha cabeça estava em outro lugar.

"E eu devo me casar em breve, coisa simples. Ele é um advogado. Bem de vida que só."

"Que bom."

"E você, o que me conta? Tem namorado, filho, essas coisas? Quero ouvir tudo."

"Você se importa de fechar o vidro um minuto? Está ventando demais."

Minha voz saiu ríspida e Caio entendeu o recado. Fez um gesto teatral, como se pedisse desculpas por ter perguntado. Sem pedir autorização, ergueu uma das pernas e apoiou os pés no painel. Passaria os vinte minutos seguintes tagarelando, enquanto o caminho (e os meus pensamentos) serpenteava, subia e descia, sem nunca chegar a uma conclusão. Da enxurrada de coisas que ele falava, pouco era filtrado pelo meu cérebro dividido. Dinheiro, advogado, ir embora na segunda-feira, negócios.

"Caio, é a primeira vez que você vem para Pirenópolis, certo?", questionei, enfim, quando já nos aproximávamos da reserva natural onde ficava a cachoeira, o ar subitamente úmido. Uma placa entalhada em madeira anunciava que o resto do percurso teria que ser feito a pé e era proibido alimentar os micos.

"Aham. Por quê?"

"Nada. Vou estacionar ali debaixo daquela árvore."

"Cidade pequena é um negócio tão engraçado" — eu sussurrava para mim mesma, o mantra matinal, buscando a sombra. "Todo mundo cai na sua lábia. Todo mundo."

João

"Apareceu a margarida."

Ivan saudou sua chegada com o copo levantado e os olhos já baixos de tanta cerveja. João tinha no relógio a métrica do seu atraso: duas horas. Sorte a sua que o amigo não desistia da espera. Já era difícil marcar o encontro, de qualquer forma.

"Foi mal, cara. Me enrolei na zoonoses."

"Filho da puta."

Ivan era a companhia mais improvável que o veterinário bonitão havia tido nesses anos todos. O programador com absolutamente nenhum apego pelos seres humanos em geral (exceto quando queria uma mulher). Que odiava crianças, mas suportava Adam e até fazia piadas a respeito: "teu filho é massa porque só fica calado". Um idiota, em suma.

Um idiota com um coração disfarçado de pedra e aflitivo de tão paciente.

"Como é que está o moleque?", perguntou.

"Na mesma. Mas a ideia da China está de pé, Ivan."

"Você descolou o empréstimo?"

"Não... Mas dei um jeito de ganhar uma grana extra."

"Hum... Que jeito?"

João nem sabia por que estava curvado sobre a mesa para falar sobre o assunto, mas, desde que começara, sentia que estava cometendo um ato ilícito e sujo. Precisava falar com alguém que entendesse de coisas ilícitas e sujas. Que o aliviasse da culpa.

Com os olhos estreitados, Ivan o ouvia, mas nunca dizia o que realmente pensava, porque suas ideias eram transparentes feito vidro — e não interessavam, na verdade. Ele achava que viajar para o outro lado do mundo não era a solução, não havia solução. Achava que João era cabeça-dura, que estava obcecado e que a China, o suposto tratamento milagroso, era só uma desculpa para não ter que se acostumar com a ideia de ser pai-babá por uma vida inteira.

Só achava, não deixava de ter razão, e João não o adorava menos por isso.

"É complicado."

"É ilegal?"

"Não estou bem certo disso."

Ivan, que às vezes vendia maconha nas festinhas da Universidade de Brasília, era todo ouvidos, à prova de choques emocionais. Uma ruga de preocupação, contudo, atravessava o rosto gordo de forma quase imperceptível. É que gostava demais de João para vê-lo se ferrar. Amava aquele sujeito, mas nunca diria "uma coisa gay dessas" em voz alta.

"Digamos que eu estou sequestrando cachorros."

"Oi?"

"É. Só de gente rica, que fique claro. Às vezes descolo ajuda dos empregados, às vezes só pego na calçada mesmo."

Primeiro, o esgar de incompreensão. Depois, o divertimento.

A gargalhada que Ivan soltou quando a história foi esclarecida chamou atenção do bar inteiro. João se sentiu constrangido, enraivecido pela falta de consideração.

"Você tem que me desculpar, mas isso é bizarro!", o amigo soluçou, entre uma risada ou outra.

"É bizarro, mas está me dando dinheiro. Já faturei cinco pilas nessa brincadeira. O povo paga, Ivan."

Com uma moldura formada pelas mãos, Ivan não perdeu a piada. Enquadrou o amigo.

"João, assassino e ladrão de cachorros."

"Não me esparra."

"Irresistível."

João bebericou o chope. Não estava contando para o amigo fanfarrão, assim gratuitamente, pelo prazer de ser zoado. Precisava de um sócio. Acima de tudo: precisava de conselhos jurídicos de um estagiário em ilegalidades.

"Acha que eu posso ser preso?"

"Se for descoberto? E quem vai te descobrir, mano? Quem é que vai achar que tem um doente mental roubando cachorro pra pegar recompensa? Esse é o crime perfeito. Retardado o suficiente pra ninguém duvidar."

"Sei lá."

"Podem te prender por extorsão. Mas acho difícil, viu. A polícia tem criminoso de verdade pra prender e tal."

Uma vez, quando tinham vinte anos, Ivan havia sido preso por desacato. Ao ser apanhado dirigindo embriagado, desabotoara a calça e mijara nos pés do policial. Por sorte, tinha pais ricos. Pais ricos com uma casa no Lago Norte, com espaço mais do que o suficiente para montar um adorável... canil.

"A questão é: percebi que é mais lucrativo se eu pegar uns três cachorros por semana. Tem que dar intervalos, saca? Para o dono sentir falta, divulgar no Facebook, colar cartaz. Só que é difícil colocar todos ao mesmo tempo no meu apê. É pequeno, e tenho medo pelo Adam."

"Leva para a zoonoses", sugeriu Ivan.

"Também não dá, tá louco? Já não tem espaço."

"Ia ser complicado mesmo. Vai que tu é obrigado a matar a mercadoria?"

"Não zoa. Na verdade, eu precisava de um amigo bem legal que tivesse espaço suficiente. Em casa."

Ivan era esperto. Pegava as coisas no ar, como se diz, uma metralhadora de ideias impróprias.

"E se esse amigo tiver pais bem chatos?"

"Duvido que esses pais se incomodem, parece que eles viajam toda semana."

"E o que esse amigo ganharia para abrigar cachorro roubado?"

"Uns 20% de todo o lucro?"

"Pode ser. Mas o amigo não tem que comprar ração e limpar bosta de cachorro, né?"

"Negativo."

"Temos um acordo."

Vamos ficar ricos, João pensava, animado, olhando pela janela do ônibus. Na manhã seguinte, transferiria os dois cães que havia roubado em áreas nobres para a casa espaçosa de Ivan. Uma pena, porque Adam tinha se afeiçoado aos bichos. Ou pelo menos parecia gostar das patas que surgiam do nada ao seu redor, dos focinhos no encosto da cadeira de rodas, cheirando suas mãos inertes. Parecia até balançar a cabeça, em sinal de quem se diverte com o carinho gratuito. "Vou adotar um cachorrinho para ele", concluiu o veterinário. Um dia.

Cecília

Havia trilhas menores e mais fáceis, mas Caio quis perseguir a maior. A placa dizia que estávamos no passo da Cachoeira do Abade, setas marcavam o caminho e uma ponte bamba quase me fez dar meia-volta. Meus pés estavam dormentes e doloridos quando enfim chegamos a uma pequena ilha no meio do mato, cercada por um poço de águas turvas. À frente, uma explosão generosa de espuma escorria de um paredão de rochas. A cachoeira estava especialmente violenta.

Talvez por ser um período chuvoso, não havia muitos turistas por lá, de forma que Caio e eu ficamos sozinhos. Tive medo. Eu não conhecia aquele homem. Não sabia direito de sua história, exceto aquela que ele contava com tanta desenvoltura. O que ele podia fazer comigo, ali na mata, pretendendo um acidente? Dispensei os pensamentos trágicos e me encolhi em um pedaço da terra, molhando apenas os pés, de shorts e camiseta. A água estava gelada, é claro. Penetrou pelas unhas como agulhas, um choque térmico que me sacudiu o torpor.

Caio perguntou se eu não iria nadar e respondi, com bastante sinceridade, que eu não sabia. *Como assim não sabe?* Meus pais nunca me ensinaram, eu não tinha muitos amigos, não parecia uma habilidade muito prática para uma gente que vivia na seca. Ele perguntou se eu gostaria de aprender e, com uma risada curta, preferi dizer que não, obrigada. Tarde demais. Imaginei suas mãos compridas agarrando meu crânio, forçando minha cabeça água abaixo, meu corpo boiando à revelia, afogada. O medo parecia real como sempre.

Mas ele não insistiu. Tirou a camiseta e se atirou ao poço com a destreza de um animal aquático. Seu corpo era esguio e a pele quase curtida. Percebi que tinha cicatrizes nos ombros e em quase toda a extensão das costas. Riscos e furos, marcas de uma existência atribulada. De alguma forma, aquilo fez com que eu me retraísse ainda mais, abraçando meus joelhos pálidos. Meus joelhos sem máculas.

Quando deixou a água, esbravejando maravilhas sobre ter a alma lavada, Caio veio se sentar ao meu lado. Senti sua pele emanando frieza perto da minha, que já queimava no sol fraco.

"Por que você tem tantas cicatrizes?", tive que perguntar, afinal.

Ele me parecia diferente, ali encharcado e sereno no meio da natureza. Mais *verdadeiro*. Ou talvez estivesse apenas calmo, como eu não estava.

"Apanhei muito nessa vida."

"De quem?"

"Digamos que minha mãe teve muitos namorados que não gostavam de mim. E que ser gay no meio de um bando de pescadores é bem ousado."

O rosto dele não expressava tristeza, mas eu a senti em ondas. Um farfalhar de constrangimento, relegado só à categoria dos sentimentos "feios". Como alguém que parecia disposto a driblar qualquer forma de desconforto, ele logo mudou de assunto. Perguntou se eu havia ligado para o advogado, se já sabiam que ele estava em Goiás.

"Não liguei ainda"

"Por quê? Cecília, você não está interessada em resolver logo isso?"

Olhei para seu rosto irritado. Para os olhos apertados e escuros, que não piscavam com a frequência que se espera. *É claro que você estava interessado nisso.*

"Para você é tudo muito conveniente, não é mesmo?"

"Como assim?"

"Meus pais mortos ao mesmo tempo. Uma herança à sua disposição"

Eu queria agir com prudência. Falar com um tom de casualidade. Mas ele não gostou, eu pude perceber. Havia insinuação demais. E Caio, como demonstravam os rasgos em sua pele, era um homem que identificava agressões.

"O que é que você tá querendo falar, queridinha? Desembucha."

Eu sou covarde. Sempre fui, e provavelmente sempre serei. É muito difícil assumir que temos características muito pouco nobres. Não apenas tê-las: colecioná-las. De forma que respirei fundo e tentei soar de forma prática.

"Eu vou ligar para o advogado assim que chegarmos a Pirenópolis", avisei.

Assim ele não me mata no caminho de volta.

"Ótimo. Desculpa aí a insistência, sei que essa perda é meio complicada. Só quero o que o velho me prometeu e eu vou embora. Eu juro. A não ser que você queira que eu fique um pouco mais..."

Eu vi que ele esperava que eu completasse alguma coisa como: podemos nos conhecer mais. Podemos ser uma família. Eu vi um lampejo de carência que não batia com aquela imagem de esperteza. De assassino. Fiquei em silêncio, ruminando minhas próprias confusões. O som da cachoeira interrompia nossa comunicação, mas o recado estava dado.

Nós jamais seríamos amigos.

João

"Eu juro, João, que tu descobriu uma mina de ouro. Que caga e late, mas uma mina de ouro."

Quem diria que os cachorros perdidos — escovados, cheirosos e de grife — fossem dar tanto dinheiro? João estava até cogitando deixar o próprio trabalho. Já tinha arrecadado, em dois meses, mais do que o próprio salário. Desistira da ideia para manter a máscara e se sentir seguro. Estavam cultivando nos fundos da casa de Ivan uma verdadeira plantação de grana. Parados, admirando a nova colheita, se surpreendiam com a facilidade do negócio.

"É muito fácil roubar cachorro. Povo não presta atenção."

Ivan parecia uma criança feliz. João atribuía isso à meia garrafa de uísque do dia, mas a verdade é que havia uma secreta inspiração.

"Cara, eu tenho uma proposta para te fazer."

O amigo, de camisa florida, bebericava seu copo ao lado de Adam — ele enterrado em uma cadeira de praia, Adam na cadeira de sempre. Enquanto isso, um João encharcado de suor lavava o canil. O sol não dava descanso, e a safra da vez — um cocker spaniel, dois shih-tzus e um beagle — se divertia correndo pelo gramado. Como se não houvesse amanhã, nem donos aflitos esperando por eles.

"Diga", resmungou João.

"Sabe, tem como a gente aumentar nossa renda."

"Sei."

"Você está sendo burro, João. Pega uma cachorrinha dessa", desajeitado, Ivan apontava para um dos shih-tzus. Uma fêmea malhada com lacinho. "Nego vende uma porra de um cachorro desses até por mil reais, na internet. Eu procurei. E você às vezes não consegue nem quinhentinhos de recompensa."

De fato, os valores variavam progressivamente. Às vezes, a felicidade dos donos era convertida em generosidade. Em outros casos, nem tanto. João já até perdera a viagem com um ou dois exemplares. Não tinha coragem de insistir em cobrar de quem não queria abrir a carteira. Sem problemas, porque na próxima esquina encontrava mais mercadoria. Bibelôs de porcelana, exibidos em praça pública com coleirinhas personalizadas. Prontos para o passe de mágica: sumir, e reaparecer.

"Quer fazer o negócio, faz direito."

"O que é que você está insinuando, Ivan?"

O amigo apalpava a barriga. Adam, sereno e estiloso com seus óculos de sol, parecia cochilar.

"Que tá na hora de mudar a estratégia."

"O quê?"

"Revender. Cachorro de raça dá dinheiro, poxa."

João sabia, de uma forma ou de outra, que este momento chegaria. Ivan ainda não entendia a ética, ainda que torta, das suas ações. Não se tratava de lucrar só por lucrar. Ainda tinha brios. Orgulho, honra. Não roubaria cachorro para comercializar cachorro. Estava só... dando umas férias para os bichos, e pegando o dinheiro do spa.

"Caralho, isso não faz sentido", protestou o amigo.

"Claro que faz. Não sou mau-caráter."

"Os fins justificam os meios, cara. Foi Dostoiévski que disse, não eu."

"Maquiavel!"

"O que é que tem?"

"Quem disse isso foi Maquiavel, sua anta."

"Tanto faz. A questão é: você quer ou não quer levar o seu moleque pra China? Quer ou não quer ganhar mais dinheiro? A gente vai ficar rico muito mais rápido, João. Chega de aguentar chororô, mimimi de recompensa. Abraço, agora, só de peituda."

João revirou os olhos, ao terminar de lavar o canil. Ivan não compreendia, não esperava que compreendesse.

"Você não entende, se eu for revender vai ficar ainda mais fácil me pegar. Vou ter que botar na internet, tornar público."

"Não se você vender fora daqui. Tenho uns compadres em Luziânia. No Entorno, Joãozinho, tá cheio de gente querendo cachorrinho de raça. A gente pode até colocar pra trepar, reproduzir…"

"Foda-se, Ivan. Não vou fazer isso, já disse."

"Tem certeza?"

Cecília

"Escuta essa, eu tenho um irmão. Meu pai, quem diria, o seu Raul, aquele senhor tão íntegro, comeu uma amazonense quase quarenta anos atrás. Mandou cartinha para ele, arrependido. Agora, sério, não ria. Eu acho que meu irmão quer me matar. Eu acho, na real, que ele matou os dois."

"Puta que pariu", suspirou Mariana. Era quase meia-noite e eu não sei se a minha psicóloga particular estava com sono, ou só entediada. Trocando os passos, um pouco alta de tentar acompanhar Caio nas caipirinhas, eu tentava encontrar o caminho de casa e me sentia mais segura assim, na rua. Ele tinha ficado para trás, finalmente. Curtindo o domingo em rodadas duplas.

Eu prometi para mim mesma que não daria atenção excessiva àquele assunto, àquela denúncia vazia, mas não consegui evitar. Fazia tanta lógica, afinal, que o visitante misterioso fosse essa criatura que me aparecia do nada. O que fazia mais lógica ainda era que, sendo Caio, explicava-se a mentira da minha mãe. Dizer que era um sobrinho, para não dizer que era um bastardo.

Santa, mas orgulhosa.

No começo da noite anterior, eu havia ligado para o advogado da família, José Cerezzo, que agradeceu o contato. Com as portas fechadas e Caio distante, falei abertamente (ou quase) sobre minhas preocupações. Sobre esse homem desconhecido que aparecia do nada. Ele foi sincero.

"Olha, Cecília, isso aí também me surpreendeu. Não é nada fácil de aceitar. Ainda mais nesses casos. Mas o rapaz está falando a verdade. Seu pai realmente falou comigo sobre a existência dele e alterou o testamento."

"Ele está muito interessado nesse dinheiro."

"Eu imagino. Mas é isso, quem não estaria? Tenta ficar tranquila. Eu posso receber vocês na segunda à tarde. Tudo bem?"

Encontro marcado, a agonia do meio-irmão amenizada pelo compromisso, cheguei ao produto final da minha tese voltando a visitar o doutor Osvaldo. Um lampejo de inspiração, talvez. Caio assistia a um programa ridículo de talentos, esparramado no sofá.

"Posso ler a sua carta de novo?", pedi, meigamente, durante o intervalo. "A que papai te mandou?"

Ele ainda a guardava no bolso da calça, não teve problemas em me torturar de novo. Eu não tinha a menor intenção de rever os parágrafos tão dolorosos, não tinha mesmo, mas queria conferir um detalhe. Estava lá. Na letra tremida, no cabeçalho. Setembro de 2018. Um mês, sem uma data.

"Vou visitar um amigo. Volto logo."

Não avisei ao doutor Osvaldo que iria, mas ele, curiosamente, não pareceu surpreso em me ver. Estava concentrado em podar, regar ou plantar alguma coisa na horta que mantinha na frente da chácara, de forma que acenou para mim com a tesoura cheia de terra e abriu a porta com um sorriso largo e reconfortante.

"Cecília. Que prazer te ver novamente", disse, levantando-se para me receber com o mesmo jeito despojado de sempre. Tirou uma das luvas de borracha, apertou minha mão com força. "Entre, vou preparar um café."

Era um prazer, de fato, voltar àquela sala projetada para o conforto, as reminiscências e o passado. Arquitetura adequada ao tratamento de gente doente. Será que meu pai estava apreciando esse quadro, não consegui deixar de pensar, quando soube que estava morrendo? Será que gostava de se sentar aqui nesse sofá, e conversar por horas sobre a minha vida, a nossa vida, com as janelas descortinando o paraíso no meio do mato, sem parar para pensar no tumor que endurecia seus pulmões?

O cheiro de café se espalhou pelo corredor. Corri para ajudar o doutor a servir as xícaras. Pouco açúcar, obrigada.

"Então", pigarreou o doutor Osvaldo.

"Me desculpa mesmo chegar assim sem aviso."

"Sem problemas, Cecília. Adoro receber visitas."

"Vim tirar uma dúvida. Uma coisa que tem me incomodado."

"Se eu puder ser útil nisso."

Eu não sabia direito como começar.

"Meu pai sabia quanto tempo ele tinha?", formulei, depois de alguns segundos pensando.

"Bom", o médico suspirou, mexendo a colherzinha no fundo da xícara. Franziu as sobrancelhas. "A gente tinha uma estimativa. Eu disse a ele de quatro a seis meses. Mas, você sabe, essas coisas são difíceis de determinar. Depende da evolução clínica de cada paciente."

"Em setembro, portanto, ele só tinha um mês com o diagnóstico fechado?"

"Precisamente."

"Posso dizer que ele não estava tão perto de morrer assim? Em setembro?"

"Bom, como eu disse, isso dependia muito. Mas a gente apostava em um pouquinho mais."

Um pouquinho mais acabou sendo dois meses. Estávamos no começo de novembro.

Caio chegou (ou disse ter chegado) dois meses depois de sua carta, que não tinha uma data — propositalmente. O tempo de papai já não era medido em dias. E posso apostar que, por mais longe que seja o norte desse país de distâncias, os Correios não levam tanto tempo para chegar por lá. Só havia um motivo para alguém ter demorado tanto: ou se espera que morra sozinho, ou dê um empurrãozinho.

"Vamos embora amanhã para Brasília. Ele quer ver o advogado. Está louco para pegar a grana. É só nisso que pensa. É por isso que ele matou meu pai e minha mãe. Ele precisava do dinheiro. Mo-ti--va-ção", tentei convencer Mariana, bêbada. "Acho que ele veio para cá muito antes. Estava aqui. Depois que os matou, foi embora, fingiu que nunca tinha pisado aqui. Por isso meu pai não escreveu uma cartinha para mim. Entende? Eu sei que ele se despediria de mim. E ainda tem a minha mãe. Não caio nessa de ela morrer de dor. Não. Os dois foram mortos por ele."

"Vai dormir, Cecília."

"Você não acha que eu tenho razão? Sabia que existem formas de matar alguém e fazer parecer natural? Cloreto de potássio, deixa eu te contar. Injetado na veia bem rápido. A pessoa morre de parada cardíaca. Sabe como eu sei?"

A explicação tinha me ocorrido imediatamente após a visita ao doutor Osvaldo, quando a ideia me pareceu óbvia. Clara como a luz do dia. Como é que eu não tinha pensado nisso desde o princípio? Logo eu.

De volta para casa, encarar Caio era um ato que exigia discrição e teatro, duas das coisas que nunca foram meu forte. Por mais desconfiada, eu precisava ser generosa. Suave. Não dar na pinta, como dizem os cariocas. De olhos arregalados, topei jantar em um restaurante surrealista para turistas endinheirados, prontos a pagar uma fortuna por um risoto (eu paguei a conta, mas ele nem terminou as bebidas. Saí mais cedo, de fininho, para partilhar com alguém a minha genialidade precoce).

No excesso de ansiedade com a narrativa do crime perfeito, tropecei, ralei os joelhos. Mariana continuava na linha.

"Estou com medo", sussurrei, massageando o ferimento, sentada no degrau da entrada de uma casa. "Do que ele vai fazer comigo."

"Ele não vai fazer nada com você. Dê o dinheiro que é dele e diga adeus."

"Mas e se ele quiser me matar?"

"Ninguém quer te matar, Cecília."

"Ele já matou uma vez."

"É perigoso acusar sem provas."

"Você não acredita em mim."

"Não é isso…"

"Tem algo muito errado nessa história, você pode não acreditar em mim. Mas eu sei que tem. Eu não estou louca."

"Sei que você não está louca, Ceci."

Desliguei o telefone e comecei a chorar, no meio da rua, convulsionando sobre os ombros. Acho que apaguei em algum momento, ou só perdi a memória. Quando acordei estava vestida, com um curativo no joelho, em cima da cama. Caio ressonava no sofá. Amanhã vai ser um dia longo, lembro de ter pensado, antes de desabar sobre os cobertores novamente, a cabeça girando, girando como esse planeta absurdo que ignora as tragédias em sua superfície para voltar ao redor do sol. Todos os dias.

João

Ela pediu para encontrá-lo na pracinha ensolarada, um ponto de encontro mais fácil. Ou vai ver desconfiava de suas boas intenções, da sua índole de herói, e queria o abraço acolhedor do público, das pessoas que se amarrotavam em bancos de concreto. João esperou, pacientemente, o cachorro em miniatura amarrado em uma coleira farejando suas pernas. Crueldade, reduzir os cães àquele tamanho fetichista, que cabia em uma mão. Não teria dó dessa dona.

Meia hora se passou, contudo, sem que a dona aparecesse. E quando ela enfim surgiu, tropeçando nas sapatilhas de couro, o veterinário iluminou-se. Ficou encantado. A moça negra e esguia era uma inspiração em um dia chato como aquele. Porte faraônico, cabelos de um preto selvagem, pernas esguias com panturrilhas de aço. Fazia tempo que ele não tinha o estalo da vontade perto de uma mulher assim.

"Sou o João", anunciou, aproveitando a proximidade para um beijinho discreto nas bochechas. Ela cheirava bem.

Seu nome era Diana e parecia distraída. Olhou o cachorro sem a menor expressão.

"Chega", anunciou.
"O quê?", Ivan bradou.
"Não vou mais fazer isso."

Diana não trazia bolsa, mas João nem se preocupou com as mãos nuas. Esqueceu-se do propósito da visita, por alguns instantes.
"Peguei esse danadinho aqui perto. A senhora faz o quê?"
"Senhora está no céu."
"Tem razão. O que a senhorita faz?"
Ela parecia cansada da caminhada, cansada de ter que suportar aquele céu escaldante. Sentou-se sem a menor cerimônia, sem prestar atenção no cachorro, sem distribuir um mimo ou um carinho — e sem responder, é claro. João ficou subitamente alarmado. Não estava normal. Tinha discado para a pessoa certa?
"Sou eu mesma", ela suspirou, lendo seus pensamentos com honestidade. "Desculpe, andei bebendo, eu não costumo fazer isso esta hora da manhã."
Era isso. Ele achou que era charme, volúpia, mas os olhos só estavam nublados de ressaca.
"Tudo bem."
Ela os fechou com força, os olhos, ele ficou assistindo. Estava cada vez mais atraído. Magneti-

camente atraído. Podia se imaginar escorregando pelas coxas negras, afundando-se nos cabelos encaracolados. Achou que teria brecha, que faria um convite. Àquela hora do dia.

"Vamos lá em casa", ela se adiantou.

Ser quem era tinha lá suas compensações: a aparência compensava os fracassos com as cantadas.

Ele trotou mansamente, o cachorro ainda debaixo de sua aba — tão blasé quanto a dona, sem a menor sombra de reconhecimento. Não era a primeira vez que arranjava uma mulher na rua, antes do meio-dia, do café da manhã. Na época em que era casado, esse era o horário ideal: sem suspeitas. Mas era a primeira vez que algo tão insólito acontecia. O inusitado, como de praxe, aumentou a excitação.

Diana morava em uma casa cercada de grades subindo as 700. Andaram pouco. Já no corredor entre a garagem e a sala, escuro e impenetrável, arriscou um beijo, tímido para a postura de rainha. João correspondeu, com fúria. Em poucos passos, estavam atravancados em um sofá com capa de crochê, que deixou em suas costas a marca em alto-relevo de retângulos. Incrustado de falhas. Do chão, o cachorro observava. Tinha um ar reprovador.

No meio da pressa que tinham em se consumir, porém, a respiração dela falhou. Como se arrependida, o afastou com os dedos magros e delicados, uma mão de obsidiana no seu peito de madeira. Encolheu-se, arrepiada, de frio e de magreza. Começou a chorar compulsivamente.

João nem sabia o que fazer, nunca sabia.

"O que houve?"

O lábio dela tremia. Apontava, genericamente, para a sala cheia de coisas. Ele se dignou a olhar. Um mausoléu de tesouros, caixas lacradas, araras de roupas. Nem tinha percebido como tinham companhia.

"Você está de mudança?"

"São as coisas dela. Da minha mãe. Morreu ontem. Estou me desfazendo."

"Poxa."

Ele, naquele momento, era quem queria estar morto. Procurou a camisa jogada no chão, vestiu. Também não era a primeira vez que arranjava uma mulher enlutada. Mas tinha consciência daquele tipo de erro: a tristeza e a doçura que se convertiam em tesão acabavam com o clima, no final das contas, lágrimas não combinavam com orgasmos.

"Esse cachorro era dela", apontou com o queixo pontudo. "Câncer. Era a única coisa que dava alegria. Compramos para isso. Para dar o amor de que ela precisava. Amava esse cachorro."

Amava esse cachorro, até que o bicho se perdeu, foi embora, aumentando o desespero de quem já o tinha em grandes porções.

"Eu queria ter encontrado antes. A gente tentou encontrar essa porcaria de cachorro antes! Me faça um favor, cara. Me desculpa por esse show. Você pode ir? Me desculpa mesmo."

"O que faço com o cachorro?"

"Sei lá. Leva com você. Solta em um canto."

Depois, com um traço de malícia (ou seria coisa de sua cabeça?), ela completou:

"Mata."

"Estou com remorso, cara", João sentenciou.

Ivan o olhava com fúria, sem entender.

"Não pode dar para trás agora…"

"Tanto faz."

Estava tarde, precisava ir embora, estava com um gosto horroroso de decepção na boca. Antes, contudo, o celular vibrou em seu bolso. Demorou alguns segundos para distinguir a voz desesperada de dona Faustina. "Adam", sussurrou, esquecendo Diana, o cachorro melancólico, a velha morta. "O Adam não."

Cecília

Não tenho mais idade para suportar ressacas. Antes, na época da faculdade, até mesmo na época em que eu era casada, era natural tomar porres homéricos. Bebia com desenvoltura, charme, sem fundo. Acordava ruim, as vistas embaçadas, vomitava tudo que tinha no estômago, estava de volta à vida. De repente, todo dia seguinte começou a parecer uma pequena morte.

Naquela manhã, o inferno nascia dentro do meu quarto. O calor contaminava o colchão e doía abrir os olhos. Cada tentativa era um pedido de cegueira, a luz se vingando de mim, do meu propósito de esquecer. Tentei sacudir o corpo, erguê-lo pelos cotovelos, e desmontei de volta, abatida ao menor esforço.

"Se eu soubesse que você ia ficar tão ruim assim, não chamava para beber", resmungou Caio, impaciente. Seus passos iam e vinham desfilando pela porta, conferindo se eu por acaso já tinha acordado.

Estava com pressa de ir embora. Pegar o dinheiro dos meus pais, quem sabe me matar no meio do caminho e levar a minha parte também.

Para um assassino, contudo, até que ele era gentil. Preparou um chá forte, que bebi sem receio, e trouxe um balde para perto da cama em caso de vômito urgente. Também ofereceu um comprimido, que engoli de uma vez e diminuiu a pressão intracraniana por milagre.

Ao meio-dia, recostada sobre uma pilha de travesseiros, senti meus sinais vitais serem retomados.

"Como você bebe desse tanto e não fica mal?", sussurrei, um pouco tensa.

"Porque eu sou uma esponja. Meu corpo absorve essa merda toda bem rápido. Por isso que meu fígado está, ó, um trapo."

"Já te ocorreu que isso tem nome? Tipo, alcoolismo?"

Ele deu de ombros, caminhando pelo quarto para supervisionar os objetos em cima da cômoda. Cada gesto, cada movimento dele era acompanhado com muita curiosidade pelos meus olhos. Eu queria detectar, especialmente, familiaridade com o ambiente (que ele tinha de sobra). Sabia onde estavam os talheres, os copos, os comprimidos para ressacas demoníacas.

"Eu comecei a beber com sete anos. Cachaça de jambu. O diabo líquido", ele contou, com um meio sorriso. "Lá no mato ninguém fazia muita questão de esconder essas coisas da gente. Meu pai, ou pelo menos o cara que me criou, o primeiro que casou com a minha mãe, era um bêbado desgraçado. Me levava com ele para pescar e deixava que eu ficasse tonto. Uma vez até caí no rio."

Não havia nada de engraçado no semblante de Caio e, pela primeira vez, senti uma pena autêntica dele, misturada com um sentimento indefinido, que poderia ser medo, se não fosse cansaço.

"E a sua mãe?"

"O que tem?"

"Ela tá viva? Não via isso que faziam com você?"

Senti um aperto no peito ao fazer essa pergunta, porque de repente me lembrei: a minha mãe não estava viva.

"Você teve muita sorte de ter os pais que teve, Cecília. Minha mãe via, sim. Não fazia nada. E ela tá viva, mas é como se não tivesse."

Ele se sentou na beirada da cama e, encolhendo os pés, eu entendi como ele me via, como eu era privilegiada. Faz tempo que sei disso: aos trinta anos, sem saber como ganhar a vida, mas com ela nas mãos. Ele, por outro lado, um forasteiro que se virava como podia e bebia para apagar as memórias. Era natural que se sentisse mal conosco. Que bolasse um plano. Que matasse meus pais e não sentisse nada.

"Vamos embora", sussurrei. "Vamos resolver logo isso."

Eu ainda estava debilitada demais para dirigir, de forma que ele pediu para assumir o volante e eu deixei. Almoçamos sanduíches leves e comprei meia dúzia de isotônicos para a viagem. Na hora de dizer adeus, não tive crise de choro, nem desespero — tudo que eu achava que teria quando chegasse a hora de me despedir de verdade, de passar pelos portões da cidade que eles escolheram amar até a morte. Estava exaurida, me sentindo doente demais, e lúcida o suficiente para me preocupar com o que importava de fato.

Dona Luzia estava na máquina de costura, metralhando uma peça de arte, quando entrei na sua sala, batendo na porta com carinho. Notei que me apegara à velhinha com cabelos de algodão e também era, provavelmente, a última vez em que a veria. Não dava impressão de durar muito tempo, com suas fraquezas visíveis, sua mania de falar demais. No fundo — consigo refletir hoje em dia — parecia que ela nunca olhava para mim, quando baixava a cabeça com os óculos empoleirados na ponta do nariz, as sobrancelhas arqueadas. Não me enxergava. Enxergava um mistério pronto a ser elucidado. Em sua ignorância, era mais sábia, mais esperta que eu mesma.

"Estamos indo", eu disse.

Ela correu para me abraçar, como abraçaria uma filha.

"Vou sentir a falta sua", falou, e eu sabia que era com uma honestidade de partir o coração.

A velhinha solitária entre as araras de costura. Roubando para ter o que desejar.

"Colocamos um anúncio lá fora. Queremos vender a casa. Vou deixar a chave com a senhora. Esse aqui é meu número de telefone. Se aparecer algum interessado nos próximos dias me ligue, o.k., que eu volto."

Ela pareceu surpresa por eu ter confiado aquela missão a ela. Examinou a chavinha prateada na mão enrugada, obcecada com o peso quase inexistente. Depois, assentindo devagar, enfiou-a nos bolsos do vestido largo. Poderia não aparecer um comprador tão cedo. Talvez, só no próximo século.

Para dizer a verdade, eu não fazia a menor questão de intermediar aquele negócio. Caio — é óbvio — quem insistiu que eu deveria deixar isso mais ou menos arrumado, e que deixasse outra cópia da chave com um corretor "pelo amor de Deus". Com a letra caprichosa, escreveu o anúncio com um pincel esquecido na gaveta, pendurou na janela. Vende-se. Para mim, que fechei pessoalmente todas as portas, janelas, armários, que empacotei tudo que devia ser doado, selei todas as frestas e joguei fora todos os restos, a casinha mobiliada podia simplesmente desaparecer. Encolher, encolher como uma bola de tijolos, até implodir e virar pó.

João

Dona Faustina tinha crescido em um terreiro de umbanda. Na cidade dos cultos evangélicos, em uma igreja cercada de cadeiras de plástico, a religião estranha era alvo de ofensas pelas pessoas de fora. A mãe não ligava, ela não ligava também. Assim como os espíritas, acreditavam que a alma, essa consciência involuntária, não podia morrer junto com a morte — e o corpo, pensava, era reciclável, como tudo no mundo. Deus era um ecologista de gente. Acreditava, acima de tudo, em vidas seriadas, através dos séculos, cada qual em uma época, o sofrimento da humanidade era longo demais para pertencer a uma só.

A umbanda tinha, por exemplo, uma explicação para casos como o daquele pobre menino Adam. Um martírio assim tão cedo, de um ser tão inocente, só podia ser resquício de uma vida passada de excessos. O que tinha sido o menino, ela matutava, enquanto amassava as bananas maduras, para ser relegado à prisão do próprio corpo? Por que é que tinha pedido, no plano espiritual, para voltar ao mundo assim torto, do que é que se livrava aquela alma atormentada?

Ela trabalhava em muitas casas, antes, mas desde que viera cuidar do filho do moço bonito estava inquieta que só.

O preto velho percebeu. Sempre percebia, com aquela perspicácia anciã, mais antiga que o mundo. Na hora do passe — o centro estava cheio, braços esbarravam em seu corpo —, parou por um momento na testa da dona Faustina, enquanto as mãos trêmulas passeavam lentamente por seu dorso. Encontrou ali qualquer marca ou botão de luz, uma nódoa visível de ansiedade.

"Tá preocupada com o menino, né", murmurou a entidade, soando velha no corpo do médium jovem. Soprou a fumaça perfumada do charuto lentamente. "Traz ele aqui pra esse velho, traz."

Tropeçando nas próprias pernas, dona Faustina assentiu. Sempre se impressionava com a acurácia das consultas.

Sabia que teria que fazer escondido do João, que era bravo, apesar de cabeça de vento. Ele nunca a escutava, ocupado demais, sempre zanzando de um lado para o outro. Preocupado mesmo era aquele ali. Vivia com o rosto abatido, alguma coisa entre zangado e triste. Dona Faustina tinha pena. Fazia um jantarzinho, deixava no fogão, quando ia embora cedo. Às vezes, ele nem comia. Chegava no outro dia e estava lá, o prato intocado. Nem era pouco-caso. Era cansaço.

Um pai tão dedicado, tão amoroso, coração partia. E aquele rostinho de ator da Globo, nunca tinha visto homem mais lindo. Tinha que arrumar uma moça. Passava tempo fora de casa, mas era só trabalhando. Se Faustina tivesse filhas, com certeza uma delas seria candidata, nem que fosse à força. Mas não, não estava no seu destino a maternidade. Deus tinha levado o Aquino cedo demais, e ela permaneceria fiel a ele até a morte.

A oportunidade perfeita não ia demorar a aparecer. "Espera só para ver, Adamzim" — murmurava, vestindo o menino com delicadeza, a pele ressecada ainda com cheiro de sabonete. Com a cabeça deitada sobre o ombro, Adam a olhava. Parecia divertir--se, parecia dizer "você é doida, tia Faustina". Deus sabe como os olhos daquela criança falavam.

Quando comparecera à entrevista de emprego, o João quase não a levou a sério, a velhinha estrábica. Tinha exigências demais, como sempre, um manual de regras na mão. Faustina, desde que percebera sua vocação para a caridade (que era a mesma coisa que amor), decidira se dedicar a cuidar dos outros. Velhinhos, pessoas com deficiência, gente cega. Não tinha estudo. Nem qualificação. Ultimamente, vinha perdendo as oportunidades por causa disso, passando batido no tema principal. Queriam quem tivesse conhecimento técnico disso, daquilo, que soubesse tirar pressão, fazer curativo. Viu de cara que o veterinário com o menininho paralisado não ia querer. Depois da entrevista, pediu permissão e deu um beijo estalado na testa do garoto. Era lindinho.

No dia seguinte, ele ligou. Estava contratada. Não precisava saber de muito mais coisa, ele afirmou, "só quero que goste do meu filho. Que não o maltrate".

Os dois, ela e Adam, tinham tardes muito divertidas. Tentava por tudo tirá-lo da frente da televisão. Quando não estava atacada da dor nas pernas, que não a deixava em paz às vezes, pegava a cadeira, vestia nele um casaco, um boné e um cobertor, e pegava o elevador. Davam longos passeios. Primeiro, ao redor do bloco, pelos parquinhos públicos. Adam examinava tudo com vívido interesse, toda borboleta voando casualmente, os insetos que pousavam em seu cabelinho ralo. Viver era um milagre, e ele não se cansava de observar.

Quando se sentiu mais à vontade, dona Faustina passou a se arriscar em trajetos mais longos. Fazia sinal para os ônibus adaptados, tinha sempre ajuda do cobrador, nunca pagava passagem. Ia para o Parque da Cidade, uma vez até o Jardim Botânico. Percebeu que o Adam reagia muito bem a esses passeios ao ar livre. Principalmente porque, depois, ela comprava sorvete. Ele se lambuzava todo, a língua domesticada, sacudindo de felicidade.

"Você devia levar esse menino para passear mais vezes", sugeriu ao patrão, uma noite.

"Passear? Eu não tenho tempo nem para fazer minhas coisas, dona Faustina", ele ralhou. Era um dia de mau humor. Ela entendia. Nem sempre era assim.

"Mas ele gosta."

"Ele contou para a senhora, por acaso? Porque para mim ele não fala nada."

Dona Faustina não se impressionava com a brutalidade. Quando era vivo, Aquino também era dado a esses acessos. Devia ser coisa de homem. A bravura consumia energia, vai ver.

Aprendera a lidar com os acessos de cólera do João. Simplesmente se esquivava do problema. Não deixava pistas sobre as escapulidas que dava com o Adam. Quando o acompanhava nas consultas, sempre tinha uma recompensa em forma de doce, ar e vento. "É nosso segredo", comentava, comprando um sorvete para ela também, desta vez. Sabia que qualquer hora dessas ia dar jeito de levar o menino ao centro, e o pai não ia nem desconfiar.

O momento apareceu naquele sábado preguiçoso. Dona Faustina tricotava, de olho no relógio e no patrão. O rapaz, quando não estava atarefado com seus compromissos todos, inventava ocupação. Ela sabia que ele tinha um coração gigante, mas não suportava, não tinha essa natureza, para ficar assim perto do filho tanto tempo. Vai ver sentia culpa, pena, um amor insuportável.

"Estou saindo, dona Faustina. Não devo voltar tão cedo", avisou, com um cachorro no braço, um troço pequenininho, parecido com um rato peludo.

Assim que ela escutou a porta se fechar, a babá deu um pulo do sofá, armas a postos, prontinha para a missão.

"É hoje, Adamzim."

O centro não ficava longe e, que sorte, era dia de atendimento. Com o menino, tinha prioridade. Não teve nenhum problema em apanhar a senha, apesar do atraso, empurrando a cadeira até a mesa de madeira. A Maria, que cuidava dessas coisas, ficou feliz de vê-los, já foi logo anotando o nome. "Menino bonito, menino de luz", sussurrou, dançando os dedos na cabeça de Adam, que pareceu gostar do carinho.

Na sala onde esperavam por atendimento, as mulheres ficavam à direita e os homens, à esquerda, em longos e espaçados bancos de madeira. A fumaça do incenso, das fogueiras e dos charutos flutuava ao redor do pátio central, deixando tudo meio enevoado. Adam, a princípio, parecia meio inquieto, sacudindo os braços na fila das mulheres. "Shhhh", pediu a Faustina. "Tem que ficar quietinho, para ver a vó e o vô."

Ela sabia, confiava que seria rápido. Enquanto isso, meditava. Fechava os olhos tortos com força, orando, mandando energia boa para todos a quem queria bem. O vasto salão onde ocorriam os atendimentos era separado da sala de espera por uma pequena mureta. Para entrar, fazia-se necessário tirar os sapatos. Uma montanha de sandálias aguardava os donos. Fazia um barulho incrível — da multidão sussurrante que era atendida, braços e rostos próximos aos dos médiuns, dos espíritos que escapuliam, livres, incorporados, dançando diante de um enorme retrato pintado à mão de Jesus Cristo. Ao mesmo tempo, era tão fácil fazer silêncio.

De olhos fechados, Faustina não viu nada. Só percebeu quando alguém tocou no seu ombro com urgência, e não era para avisar que tinha chegado sua vez.

"Acho que o neto da senhora está tendo alguma coisa", sussurrou a moça.

Quando reviu Adam, sentiu o desespero latejar na garganta. Tremendo, incontrolável, o menino tinha na boca uma cortina de saliva branca. O crânio pequeno e disforme batia com força no encosto da cadeira, as pálpebras deixando ver o branco do olho. Tão cinematográfico quanto os espíritos dançantes do outro lado da mureta, mas infinitamente mais real.

"Meu Deus do céu", gritou a dona Faustina, e nem era de alívio, nem de pressa.

Adam não tinha convulsões assim desde os três anos. Desde então, com o quadro mais atenuado, cessara com os medicamentos, com plena aprovação do pediatra. Aquela veio forte. "Um minuto mais tarde", decretou o médico, com aquele ar soturno, "e ele estaria morto. Sorte que chegou a tempo. Vão ficar sequelas."

João, por outro lado, só apareceu no Hospital de Base cerca de cinquenta minutos depois. Era horário de pico, estava tudo engarrafado. Chegou suado dos cinco quilômetros que fizera a pé, por desistir de driblar a fileira impossível de carros, com uma mochila de aparência pesada nas costas.

Com os olhos vermelhos de tanto choro, dona Faustina o recepcionou com um abraço, que ele negou quase com um tapa.

"Cadê meu filho?"

"Está internado. O médico falou que ele precisa ficar lá. Um pouco."

"A senhora… está demitida. Pode ir agora."

Com brutalidade, o veterinário se jogou no balcão da recepção. Boquiaberta, em cacos, a velhinha assentiu. Sem tempo, nem autorização, de se despedir.

Cecília

"Você só tem música ruim aqui nesse carro, é?"

"Não é meu carro."

Ele socava os botões furiosamente, procurando um ritmo conhecido entre Roupa Nova e Legião Urbana (os CDs de cortesia, ou esquecimento, que vinham junto com o veículo). Fazia menos de duas horas que estávamos na estrada, e eu já sentia que tinha sido uma péssima ideia forjar naturalidade com dor de cabeça. Tudo em Caio parecia ensaiado. Cada gesto daquelas mãos compridas, que guiavam o volante com uma pretensão inigualável. Sua voz estridente escapava pela janela aberta, que eu escancarei. O calor parecia maior, absurdo.

Ele monopolizava os trechos da estrada com o falatório infindável, mas seus monólogos nunca versavam sobre si próprio. Curioso.

"Sabe, você nunca me contou o que é que faz, lá no Amazonas", mencionei.

"Ah. Nada de importante. Uma coisa aqui, outra acolá."

"Tipo o quê? Serviço braçal?"

"Claro que não, amor. Vê se eu tenho cara de peão!"

"O quê, então?"

Ele esmoreceu. Calou-se. Tentou mudar de assunto, comentando sobre o verde da paisagem — é tão bonito o cerrado, né. Diferente da minha terra, mas lindo. É, é bonito mesmo, mas o que é que você faz?

"Quando viajei estava fazendo uns bicos de vendedor", disse. "Não sou estudado como você, Cecília. Na minha terra nem precisa."

Fiquei pensando em como ele, que agora se mostrava com tanta convicção e sacudia suas plumas feito um pássaro exótico, conseguira se esconder em Pirenópolis. Era tudo armado, percebi, a encenação da segunda visita, a forma como batia nas portas para fazer amigos. Queria despistar, enganar as pessoas, mostrando seu bom coração, para, no acaso fortuito de alguém reconhecê-lo, não acreditar.

Para evitar o assunto de si mesmo, começou a falar do suposto noivo, o homem perfeito, lindo e maravilhoso que tinha em casa (mas que nunca ligara até então, só aparecia em forma de relato). Eu fingia que ouvia, concentrada na estrada que, por ironia do destino, nunca estivera tão linda — o cinza desnivelado recortando uma planície esverdeada, debaixo daquele mar de céu, tão azul e sem sinais de chuva. Parecia um toque de esperança, considerando a tempestade que peguei na ida. Inútil, porque nada mais me daria tranquilidade para apreciar esses quadros pintados pelas estações.

Houve um período, após a minha separação — um momento anterior de luto —, em que, para passar a tristeza, eu dirigia. Acelerar por qualquer caminho me deixava melhor, tinha a impressão de que manter o movimento impedia que minha cabeça se afundasse nos pensamentos daninhos e inconsequentes de ligar para o ex. Adorava viajar de carro, para onde quer que fosse, Chapada dos Veadeiros ou Itiquira. Esta viagem em particular, contudo, seria um divisor de águas. Provava que o luto autêntico não passava com combustível e velocidade. Eu não tinha mais nenhum lugar abstrato para fugir, nenhuma técnica de autoenganação.

"Pare no próximo posto, por favor. Eu preciso usar o banheiro", pedi.

O próximo posto só ficava a cerca de trinta quilômetros, próximo a Anápolis. A tarde já ganhava contornos de despedida. Aumentava o movimento na pista em sentido contrário. Gente que ia embora, gente que nunca voltaria. Muitos caminhões de carga. Pedi a chave do banheiro feminino ao frentista, enquanto Caio corria para a lanchonete. "Você quer que eu te compre alguma coisa?", perguntava. "Água, talvez."

O banheiro feminino, no caso, era só um cubículo com vaso e um espelho manchado de ferrugem. Urinei com as pernas ligeiramente arqueadas, para evitar o contato com as bordas coloridas do amarelo de outras visitas. Minha aparência, na hora de lavar as mãos, era péssima. "Olha, esse é o seu rosto de órfã, Cecília. Será que essa tristeza sai com batom?"

Nunca fui uma mulher de beleza extravagante. Tenho os cabelos castanhos cacheados e a magreza esquálida do meu pai, o que não considero um ponto negativo. Certo, adoraria ter tido da minha mãe os olhos azuis e os quadris de diva que produziam a cadência de um movimento natural, mas não tive. Nada há para ser feito, senão se conformar.

"Há amor para todas as formas de beleza", repetia a mãe, quando eu mencionava esse detalhe. Nunca negou que eu não parecia com ela. Nunca me amou menos por isso. Com maquiagem, meus traços quadrados e angulosos tornavam-se atraentes justamente pela falta de ambição. Os homens gostavam do ar de ingenuidade impresso neles. "Você parece uma menininha que foi apanhada fazendo algo errado", dizia o mais frequente entre eles. "Acho que o algo errado sou eu", complementava, coçando o nariz (lindo, como todo o resto) de Pinóquio.

Minha mãe era uma mulher melhor que eu, além de mais bonita. Ela soube perdoar uma traição. Eu nunca conseguiria.

"Quer dirigir?", perguntou o Caio. Parecia um pouco cansado. Fingi estar mais.

"Não, pode continuar."

Por que, eu me perguntava, eu permanecia tão tranquila com aquele homem de quem desconfiava tanto? Não era da minha natureza, esse estudo meticuloso, essa aproximação cautelosa. Obcecada e nervosa, meus ciúmes e desconfianças sempre explodem antes de mim, antes mesmo da razão. Com ele, era diferente. Talvez gostasse de assistir ao seu teatro, apreciando a atuação exímia. Ou talvez eu não fizesse a mínima ideia de como encontrar as palavras para culpá-lo, já que ele era bom nessa arte de se defender.

É perigoso acusar sem provas, de fato, e de evidências eu sempre carecia — a minha imaginação dava cabo dos percursos naturais, mas era pouco fértil em encontrar ferramentas de culpa. Teria que arrancar uma confissão. Contratar um detetive particular, quem sabe, alguém que soubesse exatamente como acuá-lo. Eram assuntos para serem resolvidos depois.

Assim acreditava, até o momento em que o sol foi embora, esparramando-se preguiçoso no horizonte retilíneo, e senti o desespero crescer dentro de mim como uma bolha de ar. Os faróis se fatiavam pelas curvas, enquanto Caio calava a boca para tamborilar os dedos no volante ao ritmo de um pagode que não cabia no som.

(Esperar para depois... você não vai esperar, né, Cecília. Porque você é impulsiva.)

"Eu não sou burra, Caio", sibilei. "Eu já entendi tudo."

"Não vai beber nunca mais, né? Parabéns pela decisão."

"Não. Eu sei que você estava lá antes de eu chegar."

Silêncio. Ele não parecia nervoso. Espantado, talvez. Eu sabia que sua estratégia primordial seria o blefe. Conhecia a técnica, convivi anos com um mentiroso dormindo ao lado.

"Eu nasci primeiro que você. Teoricamente, eu estava lá."

Um gracejo que morreu no escuro.

"Pode parar de fingir, eu sei que você é um excelente ator. Eu sei que você matou os dois. Chegou mais cedo. Preparou todo o terreno. Não saía de casa, por isso toda aquela intimidade com os cômodos, você conhecia cada um deles, não é mesmo? Você foi esperá-lo morrer. Tinha a chave da porta da frente, por isso que, quando voltou e não me encontrou em casa, teve dúvidas se eu ainda estava lá. Resolveu entrar. Achou que eu não perceberia esse detalhe."

"A porta estava aberta quando eu cheguei. Do que diabos você está falando?"

Ele era bom. Cara, era tão bom que parecia autenticamente assustado.

"Aproveitar que o seu pai escreveu uma cartinha, aproveitar a vontade dele de se reconciliar, esperar que ele morresse e, como estava demorando, matar, e matar a velha junto. Você só foi otário em um quesito. Demorou demais. Dois meses para criar coragem, armar seu plano, ganhar a confiança deles... E a aparição-relâmpago, casual, justo depois do velório. Isso não me convence."

"Você pirou."

A pista permitia até cento e dez, ele estava em cento e quarenta. O pé inchava sobre o acelerador.

"A vizinha costureira te viu. Por isso não simpatizava com você. Por isso você também não tentou conquistá-la, como diz. Não teve medo de que ela te denunciasse? Pois bem, ela denunciou."

"Cecília, meu Deus do céu, mas que papo mais esquisito é esse?"

"Só não entendi direito se é só pelo dinheiro. O que você vai fazer comigo? Achou que eu nunca desconfiaria e que a gente poderia continuar nesse teatrinho de irmãozinhos? Pegaria a sua parte, já está bom para você? Ou você vai me matar também?"

"Eu... cara, eu..."

A glória de saber a verdade.

Meu coração batia forte, alucinado, nem percebia a velocidade que corria lá fora, o vento que zunia no para-brisa, pedindo por resistência. Era bonito ter certeza. Acusá-lo, saber que o homem que tentara me sabotar estava bem diante dos meus olhos, era mais bonito ainda: o celular, com o gravador aberto disfarçadamente dentro da bolsa, captava tudo. Um registro da nossa conversa, eu me sentia uma delegada.

Vocês dois teriam orgulho de mim, se me vissem aqui, mentalizei meus pais, um de cada lado, um de cada ombro. *Juro que não vou chorar e estragar tudo*. Eu nunca choro assim na frente dos outros. Mas já estava chorando.

"Setembro, Caio", gritei, desferindo um forte tapa em seu ombro. Lá estava a velha eu. Marchando de loucura e descontrole. "Achou que eu não ia perceber que a carta dele foi mandada dois meses antes de sua morte, dois meses antes de você chegar? Quem te avisou que eles tinham morrido?"

Ele olhou para mim. Transfigurado em uma coisa amorfa, sem sentimento. Instrumento oco, que só fazia barulho e transmitia crueldade.

Os braços largaram o volante por um segundo. Um segundo, geralmente, é o bastante para causar uma tragédia. No nosso caso, uma curva que não encontrou adesão e virou tangente. O carro atravessou direto, reto rumo ao escuro de um acostamento, depois embrenhando-se no mato, no infinito que não tinha luz. Parecia ter velocidade para percorrer o resto do mundo, mesmo que o motorista tentasse socar os freios. Não parou: fez uma coreografia no ar, capotando uma, duas, três vezes. Seguiu seu rumo até encontrar uma árvore. Uma árvore torta, envelhecida e única — crescendo distante das outras, como é de praxe nessa savana de gente solitária.

João

Na atmosfera fria do consultório da zoonoses, João apanhou os frascos de vidro. Balançou, apanhou as seringas descartáveis, fechou o armário. Com um olhar perdido, o cabelo desgrenhado, calçou as luvas de borracha e o jaleco de um branco imaculado. Fazia um dia ensolarado de verão lá fora. No matadouro de aparência asséptica, dois vira-latas esperavam pelo fim, deitados inconsoláveis em macas de aço inox.

O procedimento era tedioso, triste e mecânico. Primeiro, os anestésicos. Cetamina com propofol. Os animais, fracos e cientes do que os esperava, não costumavam protestar diante da agulha que pingava líquido incolor, recebiam a picada com descrença. E pensar que aqueles ali quase foram colocados para a adoção... Se não fosse o resultado dos exames, entregue com atraso pelo laboratório, para atestar a impossibilidade. Leishmaniose. A doença canina do século.

Podiam ter sido adotados. Amados. Até o instante final.

A fiscalização, contudo, proibia veementemente nesses casos. Ali, eles eram a fiscalização. Ele, em particular, o único, já que pelo visto ninguém queria trabalhar. Aplicou os tranquilizantes sem se importar com a própria dor. Um espinho na garganta.

Pronto, calminhos. Vai ser limpo. Vai ser rápido. João fez um carinho no bichinho da esquerda. Zoé, dizia a etiqueta colada ao pescoço. Estava sentimental demais. Quase conversou com Zoé, como fazia no começo — quando ainda tinha coração mole para esses feitos —, meio pedindo desculpas, meio confessando a própria culpa.

Em seguida, vinha o KCL. Cloreto de potássio. Infalível. Uma morte lenta, visível.

Injetou. Via a morte passear nos olhos esbugalhados, deixava um rastro, podia jurar que muitos morriam sorrindo. Não sentiam nada, senão a súbita falta de controle. Os animais se contorciam, estremecendo. O coração acelerava subitamente para, logo então, desistir. Era quase poético, aquela agonia que se acabava em alívio.

Depois de Zoé, João se aproximou do próximo, um mestiço de poodle que estava cansado demais para se importar com o fim iminente. Checou a etiqueta: Lurdes. Oi, Lurdes (não sabia por que a insistência em batizá-los se, no fim das contas, teriam os nomes trocados, caso encontrassem dono. E teriam uma cova sem nome, na maioria das vezes, quando fossem sacrificados). A cadela tinha um ar soturno de tristeza, como muitos outros bichos que eles abrigavam ali. Morreu de forma ainda mais dócil que Zoé. Não resistiu ao murro que espremia seu músculo essencial.

O veterinário nem viu que estava chorando quando o chefe irrompeu subitamente pela sala. Apressou-se em esconder o rosto.

"Precisamos comemorar!", vibrou Adamastor, com os braços peludos jogados para o alto. "Finalmente, acho que encontrei alguém para substituir o Pablo."

"Hum."

"Só tem um problema…", continuou dizendo o homenzarrão, gaúcho de temperamento forte. "Mas o que é que há com tu?", acrescentou, percebendo os olhos vermelhos do funcionário.

João hesitou.

"Meu filho está na UTI", acabou dizendo, porque não havia mesmo sentido em esconder. Precisava falar com alguém. Expressar o medo que sentia de um caminho sem volta, como diziam que era aquele departamento específico do hospital.

"Puta merda! E tu não me fala!"

"Não havia o que falar."

"Por que veio trabalhar?"

"Se eu não viesse, quem viria?"

"Puta merda, João. Vá, vá para casa. Eu assumo aqui. Vá logo ficar com teu guri. E não te preocupa com o trabalho. Trabalho é o de menos. Ouviu?"

Cecília

Não era exatamente um lugar confortável o Hospital de Base, mas o descanso veio sóbrio e repentino. Sentia meu corpo moldar-se ao colchão, um abraço gostoso, ciente da aproximação de gente estranha, mãos ágeis que procuravam o acesso às minhas veias — eu mal sentia a dor da perfuração mínima. O cheiro era de algo parecido com álcool, e roupas amassadas, e arroz com macarrão. Perto do meu leito, tentavam falar baixo. Eu já dormia havia três dias, espaçados por momentos de clareza indefinida. Acordava, comia, voltava a sentir uma dor excruciante, dormia de novo. Irônico dizer que, acima de tudo, aquela era uma experiência de aconchego. No abismo, o escuro é morno.

Não queria saber o que tinha acontecido comigo. Não queria detectar se ainda estava inteira. Sentia todos os meus órgãos — os mais internos falavam melhor com vômitos e dores próprias —, quando abria os olhos, enxergava o mundo da mesma maneira. Não tive epifanias, nem vislumbrei o túnel claro do além, nenhuma dessas experiências que supostamente deveriam acompanhar os traumas pós-vida. Meus pais não vieram me buscar. Eu queria estar morta, mas não estava nem perto disso.

No momento do acidente, lembro-me de acordar e achar que estava suspensa no ar, só para perceber que na realidade estávamos de cabeça para baixo. O rosto de Caio, pressionado contra o *air bag*, era uma crosta de sangue. A expressão de pavor dos seus últimos segundos estava lá, transfigurada nos traços partidos. Eu fiquei bem quietinha, sabendo dos riscos de me mover, ao mesmo tempo farejando o ar em busca de um cheiro mais perigoso, de um riacho de gasolina a ameaçar a detonação iminente. O resgate demorou algum tempo, suficiente para que eu arriscasse mexer os braços, me livrar do cinto de segurança que perfurava a carne e tentar fazer o meu irmão reagir.

Caio não respondia. A solidão me veio de forma ainda mais contundente naquele momento, quando me vi culpada por vê-lo morto. Alguém que provocara a minha fúria, entre outras coisas, que eu julgava merecedor: também senti falta dele. Uma dor de cabeça lancinante nublou meus sentidos a ponto de que não consegui verificar qualquer um de seus sinais vitais, não consegui confirmá-lo. Desmaiei no momento em que uma luz vermelha intermitente invadiu o capim, trazendo as viaturas do corpo de bombeiros. Depois, me diriam, que foram necessários vários soldados e o uso de alicates específicos para nos tirar das ferragens.

Não havia sinal de Caio no quarto que eu dividia agora, com mais três pacientes. Nenhum deles sabia dizer o paradeiro do meu irmão, muito menos souberam os médicos. A enfermeira prometeu chamar alguma das pessoas que haviam ido me visitar (quem, pelo amor de Deus?), mas tudo era mistério, falta de informação e minha cabeça pesava tanto que eu eventualmente acabava voltando para o sono. "Ele deve ter ido para outro hospital", murmurava, sem parar para pensar que isso não fazia a menor lógica.

O pessoal, apesar de tudo, era legal. Todos foram bons companheiros no momento em que eu acordei, cheia de urgências. Havia o Gustavo, um adolescente de dezoito anos com metade da cabeça rachada por um acidente de carro — estava tão bêbado que não enxergou o caminho e se afundou na traseira de um caminhão. Brincalhão, moleque, falava de sua sobrevivência aos risos, a cabeça enfaixada até as sobrancelhas. "O doutor pegou o meu cérebro na mão, cérebro cru, e botou de volta, acredita? Quer ver a foto?"

Eu afastava de mim o celular com aquela tela que pingava sangue. Já estava pasma de saber que, do meu próprio acidente, só restaram alguns cortes superficiais. Um combo de capotagens, aço revirado e nenhuma fratura. Dormia de cansada, não de doente, sentia dores inexplicáveis pela ciência do raio X. Devia ser a sala dos milagres, porque a outra companheira de quarto, Daniela, tinha levado duas facadas profundas no peito (do ex-marido). Sobrevivera sem nenhuma sequela que não fosse o incômodo de trocar as ataduras, a cirurgia para reconstituir parte do seio e a cicatriz, uma mancha em forma de X, que a lembraria para sempre dos perigos de distribuir amor às pessoas erradas.

Nosso quarto largo recebia poucas visitas. Pelo menos da minha parte (nenhuma, enquanto acordada), e de Daniela (da irmã, uma mulher muito gorda e muito pavorosa, que gostava de exigir orações coletivas pelas bênçãos atingidas ali; e do advogado, que tocava o processo contra o ex por tentativa de feminicídio). O menino Guga tinha mais sorte. Todo um arsenal de familiares dispostos a paparicá-lo com almofadas, cobertores e chocolates, avós fofinhos com conselhos de prudência e primos mais novos, admirados com a sobrevivência nada heroica. Sentíamos inveja, eu e a Daniela, enquanto observávamos ele se esquivar, envergonhado de tanta atenção, mas secretamente feliz por este mesmo motivo. Ele queria dividir conosco um pouquinho daquele carinho que tinha, mas era impossível, ainda que tentassem — uma senhora estava decidida a me enfiar goela abaixo um caldo de frango que fizera, mesmo que eu tivesse dito que eram contra as normas do hospital garantir comida diferente aos pacientes.

Em um saco plástico, como um amontado de lixo, entregaram-me os pertences que foram salvos do acidente, e que chegaram um dia depois de mim. Minha bolsa, com carteira, documento e celular intactos (três chamadas não atendidas, uma delas do advogado, duas de familiares com os quais não fazia a menor questão de conversar); e uma das malas de mão com as miudezas que havia coletado na casa dos meus pais. Os objetos que saíam incólumes da tragédia. Nem sinal da mochila preta de Caio. Desaparecera com ele.

Fiquei um total de cinco dias, até receber alta. Ou melhor, até se darem conta de que não havia por que me deixar ali, e me expulsarem. Eu não tinha para onde ir, não sabia onde Caio estava, tinha medo de perguntar. Tudo que eu queria era um lençol macio, o volume do sol vazando pelas persianas no fim da tarde e a ideia de que eu estava sã e salva. Eu pago meus impostos, queria dizer. Mereço ficar só mais um pouco, ficar aqui até adoecer de verdade.

Gostava de conversar com os meninos. Podia ser com a Daniela, sempre com seus olhos cerrados, inchados do choro ao qual ela só se permitia à noite — "eu sinto culpa", confessou um dia, "de ainda gostar dele, esse homem que quase me arrancou o peito". Tentei aconselhá-la, na posição de mulher mais velha, portanto mais graduada nessa arte de sofrer: passa, a gente tem mesmo essa mania de insistir no que só faz mal. Ou, de forma mais leve, conversava com o Gustavo, o menino que só descobriu que tinha miolos quando partira a cabeça.

Eu não queria sair para enfrentar a vida lá fora, simples assim.

No quinto dia útil da minha estada, contudo, enquanto eu lia um livrinho que alguém tinha esquecido na gaveta, consciente da minha saúde de ferro, uma visita que era para mim entrou pela porta. Ficou parado lá, suspenso no gesto de se fazer invasor. Tinha o braço enfaixado e, exceto por este detalhe e alguns pontos imperceptíveis no rosto, poderia ter passado os últimos dias em qualquer praia do Nordeste, a julgar pela pele bronzeada e os olhos serenos.

"Mas onde é que você estava?", perguntei, encarando Caio com um pouco de alívio (admito).

"Achei que você não quisesse ter notícias de um assassino."

Embora ele parecesse mais ferido, fui eu quem mereceu a internação. Sei lá qual deve ser o critério desses hospitais públicos superlotados — mulheres e crianças primeiro, talvez, como nas embarcações à deriva. Separamo-nos já na emergência. Ele para lá, o corredor dos ossos partidos. Eu para cá, traumas crônicos e insondáveis que provocam desmaios, "coloca um pouco de soro, veja se tem analgésicos intravenosos, não tem? Traz morfina mesmo". Um dia na enfermaria, dois exames feitos para checar suas rachaduras internas, e estava liberado. Cogitou dar meia-volta, perguntar por mim, chegar ao quarto onde eu agonizava uma febre sem nenhuma explicação fisiológica. Pegou o corredor certo, perguntou qual era a saída ao guarda e foi conhecer Brasília com o rancor ruminando na garganta.

Só voltaria na hora certa, para conferir se eu estava viva, e para jogar na cara que talvez fosse inocente.

"Vamos caminhar um pouco", pediu.

"Pra quê?"

"Você consegue caminhar, eu acho."

"Consigo."

"Preciso te falar a verdade."

Com os olhos esbugalhados e sem conter o interesse pelo meu irmão (eu contara a história inteira), Daniela e Gustavo não puderam ser espectadores daquela conversa que era só nossa. Longe de ser o moço simpático de mãos dançantes que exibira em Pirenópolis, Caio parecia acuado, tímido e constrangido. O vampiro encontrara uma ilha bombardeada de sol, já não fazia sentido oferecer sua falsa simpatia em troca de vitalidade. Não havia nenhuma vitalidade.

Com o suporte do soro fisiológico sendo arrastado pelo chão — eu realmente não fazia ideia da necessidade daquilo, mas parece que me hidratar era a prioridade — saímos. Um corredor cinzento de portas cor creme bem menos agradável, lá fora era possível perceber as dores de verdade. Os gritos que vez ou outra vazavam de setores específicos, o jaleco dos médicos que farfalhava para atender as visitas urgentes, tudo era aterrador e sombrio. Estávamos no terceiro andar, um andar tranquilo, teoricamente. Longe do sexto ou do sétimo: quanto mais subia, mais pavorosas eram as doenças.

Falando tão baixo que eu realmente tinha dificuldade para ouvi-lo, Caio começou a longa expiação dos seus pecados.

"Você realmente acha que eu matei seus pais?", questionou.

"Eu acho. Achava. Sei lá. Me parece muito estranho que você tenha aparecido assim tão de repente, dois meses depois da carta com a notícia."

Eu falava com pouca convicção. Parecia ter sido em outra vida a desconfiança, o método próprio de investigação. No momento, não sentia vontade de berrar ou ligar para a polícia, como cogitara, para dizer que estava em companhia de um homicida. Francamente, achei ridículo que eu tivesse ao menos pensado naquilo um dia. Às vezes tenho disso. Ideias que me ocorrem, e me convencem, mas viram pó algumas semanas depois.

A morte dos meus pais havia sido um episódio estranho e surreal, mas não são assim todas as mortes de quem representa o mundo para nós, seres humanos, carniceiros de afeto?

"Por que você pensou isso de mim? Como é que eu ia fazer isso?"

"Bom, existem métodos. Nós usamos um em cachorros. Coisas que fazem o coração parar. Cloreto de potássio, por exemplo."

"Eu não conheço essas coisas, Cecília. Eu mal sei escrever meu nome."

"Você mencionou que trabalhou como vendedor."

Caio parecia, mais do que devastado, profundamente envergonhado.

"Eu menti", disse. "Nunca trabalhei em loja nenhuma. Também não tenho namorado. Nem marido."

"Bom. Disso eu desconfiei."

Seus olhos mortos pareciam, naquela claridade doentia, dois pedaços negros de qualquer coisa, menos humana. Quando ele chorava, parecia que estava chorando carvão.

"Eu estava de michê, Cecília", confessou, a voz rasgando os lábios como lixa de parede. Raspando a tintura. "Faço programa. Fazia."

"Desde quando?"

"A minha vida inteira."

Essa é a coisa, ele tinha onze anos na primeira vez.

Fazia calor e os homens da casa andavam sem camisa, uma ode à liberdade e ao exercício de se refrescar. O primeiro padrasto já tinha ido embora, o segundo engatilhado no portão. A mãe adorava vê-los juntos, esse moço galego com pinta de artista. Pode ser minha terceira chance de te dar um pai. Danyel (assim mesmo, com Y, porque era chique) era garçom. Não bebia uma gota de álcool. Mas transbordava malícia.

Foi percebendo que o molequinho tinha jeito de baitola. Falava alto, nas rodas do bar. "É bicha, o filho dela. Vou dar uma surra para ver se conserta." Pegou o menino se engalfinhando com outro, um garoto mais velho, da rua de baixo. Prometeu, cumpriu, quebrou-lhe os dentes da frente. Mal consertou o dentista, teve outro acesso, desta vez de vontade, surpreendeu quem devia ser seu filho e arrancou sangue com as calças arriadas, aliviando-se à sua moda de torturar. Caio chorava convulsivamente quando se lembrava.

"Era a única coisa que eu sabia fazer", confessou, tremendo os lábios grandes, a mão ossuda escondendo parte do rosto. "Ganhava dinheiro assim. Cliente caminhoneiro. Gente que só quer prazer, que paga bem. Depois, percebi que não sabia ganhar dinheiro com outra coisa."

A carta que chegou na casa antiga, e a mãe entregou sem nem olhar duas vezes, pareceu descortinar um universo de soluções impossíveis. O pai que nunca fizera questão de aparecer, de repente, podia se redimir, com o dinheiro que tinha — era só isso que queria, garantiu, dinheiro. Viver tranquilo, sem se prostituir por um tempo, quem sabe comprar uma casinha na beira do mar, refazer-se com os pés na areia. Ele sonhara com isso, dias a fio, sem perceber que o calendário passava. Ligou para o advogado, receoso. O homem garantiu que era verdade, que o senhor Raul estava mesmo muitíssimo interessado em conhecê-lo, e ainda estava vivo. Por que não?

"Eu cheguei a comprar a passagem, mas na hora amarelei. Não aguentei. Por isso demorei tanto, sabe. Eu não tinha coragem. Não queria conhecer meu pai. O que é que ele ia dizer de mim? Um filho bicha?"

"E quem é que te avisou que ele tinha morrido, depois de todo este tempo?"

A pergunta estava seca na minha garganta. Esperando resposta.

"O advogado. Doutor Cerezzo. Ligou para avisar. Disse que o senhor Raul tinha falecido, que estava muitíssimo preocupado comigo, e com a outra filha dele, nos momentos finais queria que tudo estivesse em ordem. Até me comprou uma nova passagem para eu ir ao velório, mas não deu para chegar a tempo. Eu gostei muito de te conhecer, Cecília. De verdade. Não sei como você pode ter pensado aquelas coisas de mim."

Olhei para aquele homem de pele macilenta, curvado de dor e de embaraço, e me fiz a mesma pergunta.

"Eu ainda não entendo", balbuciei, ainda machucada. "Esperavam que ele vivesse mais. Por que eles se foram assim tão cedo?"

Caio me olhou e, desta vez, quem tinha pena era ele.

"Acho que só você não quer ver a verdade."

$$* * *$$

Eu nunca, apesar de todo o engano, pedi desculpas. Não tive tempo. Porque naquele momento idílico e desconcertante em que eu flutuava sem saber encontrar as palavras, um boneco bamboleante com a cabeça inchada de gazes veio me procurar. O Guga. Carregava meu celular na mão, vibrando de forma insistente.

"Não parava de tocar", desculpou-se, jogando o aparelho nas minhas mãos.

Era um número que eu conhecia. Caio parecia aliviado de não ter que discutir muito mais.

"Alô?", atendi, com alguma cautela.

"Cecília, tudo bom? Aqui é o Adamastor", a voz potente rugiu. "Escuta, você tá pretendendo mesmo voltar pra Brasília? Estou com uma proposta de emprego aqui, se te interessar."

João

Eventualmente, ele teve que ligar para a dona Faustina, pedir desculpas por sua fúria ocasional e consultá-la — com autêntico desespero — se poderia voltar ao trabalho quem sabe na semana que vem. Ela ouviu cada palavra com um silêncio mortificado (e um sorriso de canto de boca secreto). João mal tinha terminado de falar quando respondeu, quebrando o gelo da sua insistência, porque não sabia se fazer de difícil: estou indo hoje à tarde.

Ainda fraco e debilitado, Adam voltara para casa, para o conforto do seu sofá, com dois bonecos de pelúcia extras, cortesia de um pai culpado por quase tê-lo perdido de vez.

João também se sentia no direito de compensar o chefe, então se dispôs a comparecer ao trabalho cada vez mais cedo, dobrando turnos e acumulando funções. Precisava do dinheiro, além disso. Naqueles dias tenebrosos em que vagava pela UTI como um zumbi, travando conversas despretensiosas com os médicos do Hospital de Base, que tinham por ele uma compaixão secreta, ficou ainda mais obcecado pela China e seus tratamentos milagrosos.

"Meu filho está me mandando este recado. Corra, antes que eu desista", dizia. Era frágil e precisava de pressa.

Até conversou com o chefe, entre pilhas de memorandos e recados, sobre a chance de ter um aumento. Adamastor riu, de um jeito todo triste, queria ajudar, mas não dava. Não havia mais o que dizer. "Por que não desiste", aconselhou. "Dê uma vida justa ao teu guri, mas por aqui mesmo."

João se sentia cada vez mais nervoso, atravessando o canil onde cadelas se multiplicavam e outros pobres coitados sarnentos, que só esperavam por um milagre, pulavam em torno das grades. Distribuía as rações mecanicamente, insensível aos olhares de besouro e à alegria impertinente que alguns dos filhotes demonstravam à menor aproximação.

"Não sejam idiotas", rosnava. "Ninguém vai cuidar de vocês."

Não interessava se vez ou outra aparecia por ali algum interessado em adoção: logo desistiam ao ver que os exemplares disponíveis quase nunca tinham pedigree. Também recuavam diante da informação de que era impossível precisar o tamanho adulto dos vira-latas, recém-nascidos e abandonados, amontoados sobre jornais do dia anterior.

"Quero um cachorrinho pequeno para o meu filho, acho melhor comprar, porque moramos em apartamento" — esquivavam-se de sorriso amarelo.

Quero saúde para o meu filho e preciso comprar, pensava João, cheio de desgosto.

Ele cogitava, sim, a ideia de desistir. Sabia que, no final das contas, podia mesmo ser um caso sem volta, até se conseguisse chegar à China. Os médicos não poderiam prometer tudo, e Adam já estava ficando velho para o tratamento. Afundava-se de angústia em casa, e dona Faustina — mesmo que andasse mais comedida em seus conselhos gratuitos — vivia dizendo que ele precisava acreditar em milagres.

A mãe voltara mais cedo para ajudá-lo. Ainda estavam no hospital. Até ela foi humana o suficiente para entender que aquele plano o mantinha vivo. Mas não perdeu a chance de alfinetá-lo. "No fundo, quem precisa de tratamento não é o Adam. É você", sussurrou, um copo de café frio nas mãos.

João entendia que havia uma parcela de verdade naquilo. Estava quase acenando a bandeira branca para se afundar no cotidiano geral. Esperando por pioras que não sanavam com o tempo, sem a esperança de recomeçar. Mas o milagre prometido por dona Faustina, em caso de crença, aconteceu de fato. Não da forma espetacular como imaginava — fogos no céu, estrelas no telhado, um saldo positivo na conta bancária. Nem na hora precisada. Milagre do tipo que vem fora do tempo, zombando dos prazos desse universo falido de significados.

Veio às seis horas de uma sexta-feira, quando João se preparava para ir embora, como de praxe.

Ouviu passos na recepção e se apressou a dizer ao visitante, fornecedor ou fiscal que estavam encerrando as atividades.

O senhor de aparência frágil, postado ali, acabou fazendo com que ele desistisse de sua convicção de gritar.

"Pois não?"

O velhinho, que se apoiava em uma bengala, se assustou. Estudava os anúncios de controle de pragas anexados ao mural.

"Posso ajudá-lo?", João reforçou.

"Eu queria falar com um veterinário em particular."

"Eu sou veterinário."

"Você é o João Dornelles?"

Por experiência prévia, João sabia: quando anunciavam seu sobrenome, nunca era um bom sinal. O velhinho pareceu sentir o seu desconforto e riu — os dentes amarelados reluziam de doença.

"Seu patrão, o Adamastor, me atendeu hoje cedo. Ele me falou que eu o encontraria aqui", justificou. "Eu liguei para perguntar de um serviço, e ele comentou comigo que você estava precisando de dinheiro e toparia um extra. Um casamento perfeito."

Serviços extras atraíam João, pela pouca frequência com que apareciam. O veterinário se sentiu subitamente alerta, empolgado. Ofereceu uma cadeira ao senhor, assim como um copo de água, que foi buscar com agilidade.

."Obrigado", murmurou o homem, estalando os lábios arroxeados. "Pois bem. João. Espero que possa me ajudar. Meu nome é Raul. Estou morrendo, veja bem."

Cecília

Havia pedaços de mim por toda parte quando deixei o hospital, devidamente escoltada pelo meu irmão. Parecia uma criança a quem foi negado o direito de se rebelar, obedecendo de forma paciente aos médicos e a suas instruções pausadas. Com o coração na mão, me despedi de Daniela e Gustavo, que também estavam para sair. "Vai ficar tudo bem", eles disseram, eu acenei. Claro que nesse momento parecia que tudo ficaria bem.

Parecia que, agora, eu tinha um emprego. Adamastor tinha sido o meu melhor chefe, apesar da truculência desajeitada com que nos gritava as ordens. Era caridoso e paciente. Meu único contato. Quando soube que eu já estava na cidade, ofereceu meu antigo posto. Eu não estava exatamente ansiosa, mas a perspectiva de ter um salário, e funções predeterminadas, devolvia um pouco a vida aos eixos. Fazia pensar que tudo podia continuar, quem sabe.

Não é para isso que existem, afinal, as ocupações? Negócios que vinham acompanhados de sucesso, prosperidade. Ou mesmo o fracasso. Todas ferramentas do mundo adulto para passar o tempo.

"Trabalhando enquanto não morremos", filosofei, no táxi, a caminho do apartamento. Caio não entendeu nada. Também não queria entender.

O apartamento dos meus pais, disponível para aluguel, tinha perdido o último inquilino, que o desocupara havia um mês. A frieza dos cômodos vazios nos saudou assim que abri a porta. Uma caixa de ferramentas deixada para trás era a única coisa no chão empoeirado da sala. As janelas em forma de guilhotina estavam obscurecidas pelos anúncios da imobiliária.

"Onde é que a gente vai dormir?", questionou Caio. Precisaríamos passar uma noite ali, até o encontro com o advogado. Eu não queria pagar hotel, ele já não tinha dinheiro para manter o dele.

"Tem camas."

Poucos móveis, além dos colchões sobre a madeira fina, ocupavam os cômodos. Era estranho. Não parecia o lugar onde cresci. Muito espaço. Nas minhas memórias mais fugazes, era um apartamento pequeno, abarrotado de plantas, móveis e quinquilharias (mamãe era uma acumuladora, meu pai era um dinossauro que nunca discordava de nada). O vazio deixado, preenchido por quadrados de sol, me enchia de nostalgia.

Nada mais vai ser igual a antes, eu sabia, eu soube tanto tempo atrás.

Quando Caio inspecionava os armários da cozinha, em busca de comida ou apenas para se mexer no ambiente de reflexos, a campainha tocou. Foi assustador ouvir o eco metálico atravessando as paredes, assim de forma tão limpa, sem minha mãe gritando ao chuveiro que alguém atendesse.

"Você está esperando alguém?", meu irmão perguntou.

"Não. Deve ser o porteiro. Ou o síndico."

Era Mariana.

Minha única amiga, com uma mala a seus pés e os cabelos eriçados da viagem, pulou para os meus braços quando escancarei a porta. Eu me assustei com sua presença, mas fiquei tão imediatamente grata que esqueci de perguntar o motivo, em princípio.

Mariana não era amiga da infância, nos conhecemos na faculdade. Ela era filha de diplomatas e passara cada estágio da vida em um país. Vivia sozinha desde os dezoito, quando decidira, por conta própria, que estava cansada de se mover — ganhou independência, um apartamento, um carro e a matrícula em direito na faculdade particular, que desistiria de cursar para tentar veterinária na Universidade de Brasília. Não demoraria a descobrir que não nascera para a imobilidade e estava, a seu modo, sempre dando um jeito de transitar pela vida, sem lugar fixo que não fosse uma poltrona de avião. Quase não comparecia às aulas, apesar de ser brilhante quando se dedicava, e abandonou o curso no último semestre para fazer psicologia. "Vou cuidar de gente, que é mais legal que bicho."

Antes disso, não devotava muita atenção aos colegas de sala, poucos sabiam seu nome, tinha essa habilidade de passar invisível pelas chamadas, até que um dia esbarrou comigo no corredor. "Gosto dos seus sapatos", disse. "Obrigada", respondi. "Quer almoçar?"

Eu, que nunca levava meus "coleguinhas" para conhecer meus pais, introduzi Mariana ao nosso convívio solitário. A princípio zombava do cuidado, até invejava a forma como eles ainda zelavam por mim, mesmo tão adulta. Depois, caiu de amores por eles. Meus pais a adoravam de volta. Tratavam-na como filha. Quando eu quis ir embora, não imaginei um lugar mais adequado do que o país travestido de cidade onde minha irmã postiça vivia no momento.

"Me desculpe a demora. Tentei vir antes, mas na clínica não me deixaram", desabafou. "Como você está? Fiquei igual uma louca."

"Estou tão feliz que você esteja aqui."

E eu estava mesmo. Era reconfortante ter alguém que tinha me visto em meus piores momentos. A sensação era de saber que eu ficaria bem, só por isso.

Nunca achei que Mariana fosse se tornar uma boa psicóloga. Tinha um jeito meio ríspido, meio indiferente, de ouvir as pessoas. Sempre com um cigarro aceso na mão e o olhar castanho nebuloso, cerrado, de quem conhece um segredo fundamental, mas está de saco cheio para dizê-lo. Foi uma total surpresa que tenha virado essa pessoa disputada nos congressos ao redor do Brasil, e nos corredores da clínica onde tinha sociedade. Nunca escondi o espanto que me traz, ainda, a glória dos seus fãs desesperados por acolhimento remunerado. Pela sinceridade, o veneno vitalício que ela sabia distribuir tão bem.

"Você deve ser o Caio", ela se apresentou ao meu irmão, enfiando a mala porta adentro com familiaridade.

Caio a cumprimentou com desinteresse. "Estou com fome", anunciou logo em seguida. Não sabia ser simpático com a barriga vazia.

"Tive uma ideia", Mariana comentou. "Por que você não vai lá no mercadinho da quadra e compra macarrão? Podemos fazer aqui, para o jantar. Tipo, agora?"

"Ui. Já estou de saída."

Sabendo que aquela combinação de personalidades nunca daria certo em mundo algum (embora fosse engraçado imaginar), deixei que Caio escapasse pela porta, meio rabugento por ser sutilmente enxotado. Mariana não se importava. Tinha algo urgente e massacrante para me falar, tinha que ser a sós, e não esperaria muito mais. Já havia pegado um avião para isso.

"Por que você veio?", eu perguntei, finalmente. Sabia que não era só porque eu estava mal. Tínhamos as agendas incompatíveis demais, agora que os consolos se dariam a distância.

"Porque eu tinha que te dar um negócio."

De joelhos, com a mala aberta a seus pés, ela já revirava seus pertences, apalpando as sacolas de bijuterias, camisetas amassadas e produtos de cabelo. Vivia no caos e na desordem, e aparentemente não tivera muito tempo para fazer as malas. "A vida é curta demais para passar roupas", é seu lema pessoal. Esperei, vazia de ideias. Até que ela achou um envelope pardo, de grossura razoável, intocado, e no momento em que o ergueu — cheia de culpa e de choro — meu coração disparou.

"O que é isso?", questionei, desesperada porque já sabia.

Os cachorros também fazem essa expressão quando sabem que são culpados. Um jeito meigo de dizer que fizeram merda. Ou que, no caso dela, escondeu o jogo.

"Me perdoe, Cecília. Eles disseram que era para que eu entregasse no momento certo. Mas eu nunca soube o momento certo. Até agora."

Meu amor,

Estamos sentados à porta que dá para a rua, vendo as pessoas passarem, com a dignidade que nos resta e a paciência que é devida. Seu pai está aqui do meu lado e, apesar de ser um escritor melhor, sou eu que tenho que pegar a caneta. Ele está muito doente, veja só. Finalmente é capaz de admitir isto. Estamos bem agora que admitimos. Enfim, comento cada arroubo de gramática em voz alta, e ele me corrige quando não concorda com uma expressão. Ou uma frase inteira. Estou riscando todo o espaço de que a gente precisava para dizer que te amamos, mas não tem problema, porque passaremos a limpo e diremos de novo, com as palavras certas.

Mariana provavelmente te entregou este envelope todo amassado e cheio de riscos, mas nos desculpe a forma, ela era a melhor mensageira. Sua irmã de sobressalto. Quase não concordou quando avisamos que estávamos para nos despedir pelo correio. Indignou-se. Quis que fôssemos mais cordiais, mais amorosos e que avisássemos com antecedência para que você pudesse vir até aqui. Como se você, algum dia na vida, fosse concordar com isso que estamos tramando há meio mês.

Mas não vamos, como bem pontua seu pai agora, colocar o carro na frente dos bois. Vamos por partes, milimétricas partes, porque o tempo é longo — o tempo nunca foi curto.

Espero que saiba, Cecília, o presente que você foi. Todo aquele papo de nascer tardiamente não te fez mais sábia, apesar do que você acredita, mas com certeza nos fez mais humanos. Passamos a experimentar, de um casal desprendido de preocupações maiores, a dor de ter outra existência no quarto ao lado. A preocupação. Morríamos de medo de você sufocar durante o sono e nos convencemos que trazer o berço para dentro do quarto era a maneira perfeita de zelar pela sua sobrevivência. Fomos tolos, apaixonados por um pacote de talco, frágil e consistente. Achamos que você merecia esse amor esmagador, mas você não precisava de tanto.

Não adianta levantar essas suas sobrancelhas adoráveis. Você sabe que pecamos nessa ânsia de te proteger. Fomos pais de primeira viagem mais trágicos do que a média. Toda aquela nossa fé não adiantava nada quando o assunto era perder.

Tivemos, a vida inteira, um medo horroroso de perder. Sem querer, contudo, o nosso maior erro foi transmitir a você esse pressentimento. Fizemos você acreditar que a vida escondia um perigo em cada esquina, e você engoliu a farsa da proteção irremediável dos lugares confortáveis, do asilo temporário das paredes. Seu pai se lembra, até hoje, do dia em que foi te buscar na escola e você estava sentada, na calçada, paralisada. Um coleguinha tinha escorregado no pátio, caído a seus pés. Você fez o possível, mas o joelho do pobre menino não parava de sangrar. Você se sentiu péssima por isso, dava para ver, porque queria consertar todas as coisas que estavam abertas, expostas — demolidas, portanto.

A fragilidade foi o pior de nós que você herdou.

Sempre acreditamos que você cresceria para se tornar médica, com essa mania de cuidar, ou enfermeira, assistente social, professora. Qualquer profissão assim com vocação para amar as pessoas. Até você atravessar a fase em que nos mostrou que nunca foram as pessoas. Você quis cuidar de criaturas mais puras do que esses cabeçudos que te impressionavam — e, de uma forma ou de outra, acabavam te decepcionando em algum momento.

Não confunda esse sermão com uma bronca. Tivemos uma vida inteira para te dar broncas e nunca o fizemos, porque era encantador conviver com esse seu espírito bem formado, não precisávamos gritar para te fazer mais correta. Existe um jeito de ser correto? Seu pai vai além: existe uma forma de ter feito tudo mais certo?

Você, Cecília, já era perfeita aos quatro anos, com cada pinta fora de lugar e cada trança desmazelada. Com a lancheira preparada na bancada da cozinha, escalada com perícia, para fazer os seus sanduíches inventados. Sempre achou que os pães apareciam ali por milagre e que estava me poupando do trabalho de te preparar o lanche — você queria nos poupar de tudo, porque somos, sempre fomos, velhos demais para acompanhar o seu ritmo. Nunca imaginou, nesses anos todos, que era eu que comprava e deixava ali o pão, que tomava o cuidado de pegar uma faca sem serra, e deslocar a manteiga. Gostava de te dar esse gosto de independência. Adorava te ver iludida com essa sensação de me proteger.

Lembra do que falávamos ainda agora? Do nosso medo irremediável de perder? Bom, você foi contaminada com esse vírus da brevidade. Parecia, já com aqueles olhos de criança, que sabia o que estava enfrentando. Morria de dor antes que a dor chegasse. Mas nunca, nunca chorava na nossa frente.

Você queria ser forte. Uma fortaleza cheia de rachaduras visíveis, crescendo feito árvore no nosso quintal, que desejava ser de verdade, ser firme, um bonsai de palmeira. E a gente sem comentar qualquer coisa para não te deixar constrangida. Seu truque era dizer que estava com dor de cabeça, que ia dormir. Não dava outra: ao apagar das luzes, você desabava sobre o travesseiro para chorar. A gente nunca entendeu essa mania de chorar sozinha, em silêncio, com a luz desligada. Mas respeitamos o seu espaço.

Hoje, contudo, não temos tanta certeza assim de que foi certo deixar as suas lágrimas no escuro.

Você devia ter aprendido, se fôssemos pais bons o bastante para te lembrar, que chorar e se debater é preciso. Que o medo e a tristeza saem um pouquinho da gente quando deixamos que eles se manifestem. Nossos fantasmas, Cecília, são só os que estão aqui dentro. Todo o resto é coragem. Você tem que sofrer. Mas sofrer com parcimônia, é claro, como tudo na vida, porque sofrimento também vicia.

Pode sofrer por nós. Saiba, porém, que nós fomos embora muito antes de ir embora mesmo. Que decidimos deixar a casa arrumada, convocando assuntos oficiais e cabeludos, daqueles que escondemos debaixo do tapete a vida inteira. Tive vontade de matar o seu pai quando ele me contou do Caio, mas ele já está morrendo (e não acha graça da piada). Então, só me restou perdoá-lo, porque não dá para demonizar o erro de quem eu amei. Amei, apesar de todas as falhas.

Nesses últimos capítulos, em que a solidão e a doença invadem nossos dias, podemos refletir sobre tudo o que passamos tanto tempo temendo ou desacreditando. Parece absurdo que um dia tivemos medo de partir. Que discutimos por ninharias, como a pasta de dente fora do lugar. Olho para o seu pai e, embora eu quisesse que tudo ficasse bem, entendi (entendemos, enfim) que ficar bem não é, necessariamente, permanecer neste mundo.

Você sempre achou que a gente morreria no dia do seu aniversário de dezoito anos, que não estaríamos lá quando se formasse ou se casasse, e nós sobrevivemos a todas essas datas fundamentais. Nós sobrevivemos. E teríamos sobrevivido mesmo se estivéssemos mortos em todos esses momentos.

Porque a sua vida é sua, Cecília, e ela não depende de nós. Deixar que você se mudasse para o Rio foi parte dessa aceitação. Crer que você estava caminhando para algo de que gostava, ou dizia gostar, sozinha, liberta dessa mania de proteção. Nós te viciamos em cuidar e, quando pareceu que seu coração estava irremediavelmente partido, o melhor a fazer foi deixar que você descobrisse outra modalidade de carinho. O cuidado consigo mesma.

Foi quando estava vulnerável e abatida que você ficou mais forte. Foi lindo assistir à sua queda, só para te ver com as mãos no penhasco. Erguendo os ombros e batendo continência para tudo que acreditou e tudo que viria a seguir. Amor não mata ninguém, dizia. Estava certa. O amor existe para nutrir, nunca leva à humilhação. Se acabou, e foi amor, não vai ser negativo. Ou triste. Vai doer, vai passar e desaparecer.

Mais tarde, nestes parágrafos, você vai achar que estou sendo hipócrita ao falar de um amor autossustentável quando eu decidi morrer pelo seu pai (sim, decidi). O seu pai que várias vezes errou comigo. É uma modalidade diferente de fim.

A questão, Cecília, é que nós dois sempre acreditamos em Deus, nesse que você nunca acreditou, ainda que tenhamos insistido tanto. A vida sempre pareceu linda, um presente, algo a ser protegido, revestido de cuidados. Com você de ingrediente extra, então, a vida foi ainda mais: um quadro que necessitava de futuro, uma aquarela de sol. Somos da categoria otimista de pessoas. Não esperamos em Deus tanto assim, mais, não no Deus dos castigos. Confiamos no Deus dos perdões.

Já você, minha filha, pegou a versão distorcida dessa crença. Achou que, pela devoção suprema à arte de respirar, havia de pensar em quando o ar faltasse, calculá-lo. Sempre trágica, como seus pais inconscientemente eram, quando falavam do valor que o tempo tinha. Na realidade, nós somos pó que alguém deixou escapar debaixo da porta.

Seu pai está morrendo. Como ele bem diz, contudo, isso não é um motivo para ter medo, ou receio. Chega uma hora em que a gente para de ter medo, é isso que queremos te dizer agora. Antes tarde do que nunca: chega uma hora em que a gente tem que parar de ver a vida como uma fábrica de tragédias.

Matar os cachorrinhos te deu um pouco dessa crueldade necessária para enfrentar a mortalidade. Você parecia um zumbi, é verdade, no começo. Depois, acostumou-se. Dizia, em pleno jantar, que era natural. A ordem das coisas. O sacrifício é apenas um atalho.

O sacrifício é apenas um atalho — você disse isso. Nós anotamos. Tínhamos receio de que fosse se tornar uma pessoa cruel, nunca quisemos que fosse cruel. Mas era verdade. Sacrifício é uma forma de cortar um caminho longo e desnecessário, a estrada de tudo o que não nos pertence. Seu pai está morrendo e ele não precisa agonizar. Não precisa fazer um percurso de inferno só para chegar ao fim mais banal de todos.

Ele disse, eu estava na cozinha fazendo a sopa de remédios, que queria que fosse um pouco mais leve. Sabe? Não queria que doesse, ou tardasse, porque estava cansado. Eu olhei para aquele pingo de gente, todo encolhido debaixo do roupão, com cheiro de sabonete e ferrugem, e senti. A sensação de que ele já não estava ali. Doía demais estar ali, então ele desaparecia quando fechava os olhos. Estava rezando para morrer.

Adotar o método de sacrifício usado nos animais foi nossa única ferramenta imaginada. Meu amor, não se sinta culpada, a ideia não veio exatamente de você. Na realidade, pensávamos em cachorros. No Bigode. E no Bill. E no Lion. Em todos aqueles que criamos, e nos enchemos de graça, e que não fizeram tanta falta assim no final porque os canis estão cheios de outros cachorros cheios de amor para dar.

Você sabe, eu não suportaria viver em um mundo em que seu pai não existisse e por isso vou também. Não sei se escrevo no futuro, ou no passado. No passado, diz o seu pai, porque há muito nós não pertencemos a esse tempo. Veja bem, Cecília, tudo que passa na televisão é moderno demais para nós e cada gosto é ultra-passado. O ser humano não foi projetado para durar porque não assimila bem as mudanças. Na sua última visita, você mencionou que estávamos ficando rabugentos. Não, só estamos velhos.

É incrível chegar a essa idade, é espantoso, até a luz parece diferente. Mas também é uma forma de desapontamento. Como quando seu pai estava aqui fora, olhando para o nada — olhando a cidade. Eu o levei para passear um pouco, nós fomos até a casa do doutor Osvaldo. Ele, inquieto, não parava. Até que eu perguntei, mas homem, o que é que há em você?

Ele respondeu: eu já vi de tudo.

E eu compreendi. Acho que eu sou a única pessoa neste mundo capaz de compreender cada palavra que esse homem diz, porque sou a única que o amou sem traduções. Eu também já vi de tudo, nada surpreende, nada é novidade. Podíamos, você acusaria, abandonar esse pensamento e gastar dinheiro mundo afora para ver gente desconhecida, cidades diferentes e visitar, com nossas pernas cansadas, monumentos cheios de frescuras. No fim das contas, descobriríamos, seja em uma estalagem na Escócia ou um iglu no Alasca: há no mundo uma canção tocada desde o início dos tempos, que se repete a intervalos regulares, sem que a gente se dê conta. Ela começou em nós até passar por você, por todos os seus amigos e amantes, aqueles que você conhece e os que nunca conhecerá. É só essa vontade de viver que nos mantém vivos, seguindo o compasso, os acordes desta canção particular dos dias. Não há nada de absurdo em querer ficar surdo para a música da vida.

Não há nada absurdo em querer morrer, Cecília, quando nossas pernas não funcionam, nossos pulmões sangram e só um monte de caixas com nomes esquisitos delimitam o limite entre a agonia e o martírio. Parece, antes, um desejo provável. Eu poderia enterrar o seu pai. Eu poderia deixar de falar no plural e levar em conta que também estou velha e cheia de males que desabrocham de forma menos repentina — mas que viveria um pouco mais. Só que a minha vida é essa, é ele. Não guardo dela nenhum arrependimento. Eu e seu pai, nós dois, fizemos a coisa mais linda do mundo, que é você. Depois de tanto tempo juntos, achamos que seria coerente se morrêssemos assim. Em paz.

Ele protestou. Dizia que eu deveria ficar. Mas no momento em que fosse aplicado o soro — gostamos de chamar assim — eu morreria um pouco. Sabotaria os dias. Pararia de comer. Eu não quero, sabe, Cecília. Eu sei viver sem ele, mas não quero.

Não é a decisão mais justa, nem de longe a mais corajosa, tampouco a que a igreja aceita. Nem pedi a bênção do padre, como não pedimos a sua, porque é impossível exigir tanta compreensão de quem viveu desde o início para valorizar o que existe, e vai continuar existindo. Não dá para pedir permissão para ir embora de quem nos ama tanto, e vai sentir a nossa falta.

Chegamos nessa idade em que não nos importamos mais com o que os outros vão pensar. Queremos pegar um atalho para aquilo que nos espera em breve. Sem o constrangimento e a dor. Certamente vamos nos encontrar um dia. No céu que a gente acredita, pode ser, ou no céu que você — com sua mania de querer disfarçar — também queria desejar.

O importante é pensar que isso não é uma despedida, Cecília, porque dizer adeus não adianta. A gente carrega conosco as pessoas, mesmo as mortas, mesmo as desconhecidas. Não esperamos que você nos perdoe. Esperamos, na realidade, só um pouquinho de compreensão com esses dois que você um dia quis imortalizar, mas que nunca foram dignos desse castigo. Morrer, nesses dias, é quase um alívio. Não se preocupe em investigar como conseguimos.

Preocupe-se em viver. Aquela vida que te demos de bom grado, para você riscar, apanhar e dobrar. Ela é sua, afinal. Não tenha medo.

Com todo o amor que existir no universo, e além dele:

Papai e mamãe.

João

Ele não teve muita certeza, ao escolher a camisa, pegar o ônibus — sacolejando melancólico por avenidas cravadas de câmeras de trânsito. Não teve certeza nem mesmo quando chegou ao restaurante, sendo abordado pelo garçom de paletó enquanto buscava o casal com os olhos. Na verdade, quis desistir, sair correndo, dizer que não tinha colhões para esse tipo de serviço, esse não. Mas era um milagre. Não dá para ser muito exigente com milagres.

O senhor Raul era um farol dentro do bar, altamente reconhecível, de boina e suéter de lã (naquele calor), os cabelos muito brancos refletindo o céu. Estavam recostados nas mesas das laterais, onde se concentravam os fumantes do Beirute, até que alguém viesse mandá-los apagar os cigarros. "Era aqui que eu sentava, quando fumava", ele contou, o velhinho boa-praça. Memória afetiva.

João detestava cigarros, mas aguentou o cheiro para cumprimentar a mulher, Margarete, sabia que não podia esquecer o nome. Parecia infinitamente mais saudável, para seu azar. Com olhos doces e azuis, a pele reluzia de viço, os lábios engordurados cheios de batom sobre o queixo largo.

"Ficamos muito felizes que tenha aceitado conversar com a gente, João", disse ela.

"Você está com fome, rapaz?", propôs o senhor Raul.

Com fome, não. João só estava com vergonha. Aceitou uma cerveja, para ter onde olhar, e com o que ocupar as mãos.

"Sei que parece pouco ortodoxa, essa nossa proposta", recomeçou a senhora.

"É um pouco… estranha."

"De forma alguma. Por que seria? Você não é um especialista em sacrificar animais?"

"Vocês são pessoas. Sabem que é diferente."

"A única coisa que é diferente, ao meu ver, é que muitos dos seus bichinhos são sacrificados sem querer, sem poder falar nada. Nós escolhemos esse caminho."

João enxugou a própria testa com um guardanapo. Observava pelo canto do olho os outros frequentadores do bar. Homens de barba, sozinhos e desgrenhados; amigas falando alto, gente velha e gente nova que se misturava naquela ciranda de mesas de madeira, unidas por uma tradição, por um tempo que escorria sem outras esquinas. A eternidade na mesa de bar. Queria ter a certeza de que ninguém os escutava. Ninguém os escutava fora da paranoia, estavam todos absortos em suas reclamações de rotina.

"Não é só a questão moral", pontuou, enchendo os pulmões de coragem. "Eu posso ir preso por isso."

"Bobagem. Ninguém vai descobrir."

"Como podem estar tão certos disso?"

O seu Raul tomou um gole de cerveja. João se perguntou se isso era adequado, considerando o histórico médico relatado. Depois, convenceu-se de que estava sendo idiota. Não é preciso se preocupar com a saúde de um homem que o procura com propostas de eutanásia.

"Nós somos velhos e capengas, em uma cidade minúscula. Ninguém, João, vai se preocupar com isso."

"Nem a filha dos senhores?"

Com o maxilar trancado, o veterinário observou um leve, quase invisível, vestígio de culpa.

"Ela é veterinária também, né? Será que eu conheço? Será que ela vai vir atrás de mim depois?"

"Improvável."

"A Cecília pode até desconfiar, mas nós deixaremos uma carta explicando tudo. Ela vai entender."

"Ninguém entende uma coisa dessas, pelo amor de Deus. Vocês dois são malucos."

"E o senhor, no entanto, permanece sentado aqui."

Era uma senhora comissão de interrogatório. João se sentia espremido entre a vontade de topar de cara e o medo, conhecido, de ser demasiadamente cruel, demasiadamente egoísta.

"Na Bélgica e em vários outros países, procedimentos de suicídio assistido são comuns", continuou o Raul. "Em casos como o nosso, os filhos dão a autorização. Nós só queremos conforto no momento final. Sabemos que minha doença não vai desaparecer. Se o senhor está tão preocupado, podemos assegurar que vamos deixar uma carta com meu advogado, autenticada em cartório, com a nossa decisão final. Se alguém decidir investigar. O que acho extremamente improvável. O que acha disso? Te deixa mais tranquilo?"

Diante da expressão vazia de João, o velhinho partiu para munições mais pesadas.

"O que me espera é só mais sofrimento, e, se o senhor não topar fazer isso, meterei uma bala na cabeça. Será mais sangrento e Cecília com certeza sofrerá muito mais."

O veterinário, que pensava com frequência — por nenhum motivo em especial — no que faria se ficasse inválido, ou muito doente, entendia essa preocupação com abreviações. Acabar logo, acabar de uma vez. Parecia razoável, se não houvesse um outro oposto para complicar a história e atravancar a negociação.

"Mas ela tá saudável", retrucou, indicando Margarete com o queixo. "Eu me sentiria péssimo matando uma mulher saudável. Eu já me sinto horrível quando mato cachorro saudável."

"Porque são quase a mesma coisa, as mulheres e os cachorros", disse a velha, rindo sem parecer gravemente ofendida. Depois, a boca rosa se contorceu em um esgar de seriedade e martírio. Ele viu uma sombra, onde só haviam pérolas. "O que te faz pensar que sou saudável? Só porque não tenho um prazo de validade? Pois bem, meu querido, tenho uma bomba-relógio aqui dentro de mim. Cardiopatias. Diabetes. Não como doce há pelo menos uns dez anos. Isso não te parece um pouco mais trágico?"

"Acho que não."

"Deve ser porque o senhor não aprecia doces. Mas não me refiro só a um chocolatinho. Não posso comer arroz, nem massas. Tudo que é carboidrato, que pode virar açúcar. Os médicos controlam meu peso com uma precisão de assustar, acho que sabem mais das minhas gorduras do que tem dentro da despensa deles. Acha que também não é uma forma de morrer, ser privado de todos os prazeres?"

"Ela da comida, eu dos meus cigarros, da minha cervejinha", completou Raul.

"Além disso, tenho outros problemas que me custariam a vida de qualquer maneira, meu coração não resiste muito mais, uma hora vou precisar de outro. A questão nem é essa, João. O problema é: eu amo este homem. Amo de verdade. Amo tanto que não suportaria ficar sozinha, dando trabalho para minha filha e chorando pelos cantos, apenas porque ele não está mais aqui para me perturbar a paz."

Os olhos da dona Margarete, quando enchiam de lágrimas daquele jeito, eram de deixar qualquer um constrangido, até um homem materializado em rocha. João não soube o que fazer. Não acredita em amor conjugal, não em um assim duradouro, e ainda assim ali estava, um casal que sobrevivera ao cotidiano e que agora pregava uma eternidade mútua.

"Quando vou ao supermercado, tenho medo de que ele não esteja mais aqui quando voltar. Quando entro no banho, deixo a porta aberta para ouvir caso ele precise de alguma coisa, caso sufoque ou coisa assim. Cansei de viver com medo. Antes, eu queria salvar, sabe? Agora, eu só quero deixar que ele descanse. Mas eu vou junto. O senhor tem que me deixar ir junto, João, porque não dá para viver em um mundo sem o Raul."

João tinha uma vaga memória de sua própria mãe, gritando ao telefone com seu pai semidesconhecido, descabelada em sua elegância diária. A mãe que chorava: "acha que eu preciso de você? Acha que eu estou ligando para o fato de que você foi embora e abandonou seu filho? Você é um filho da puta e eu nem me importo, ouviu?". Um estoque de perguntas retóricas que sempre acabava — nessas discussões que ficariam mais raras com o tempo — com o telefone fora do gancho e um choro tão convulsivo que ele perdia o sono, do outro lado da parede. Nunca entendia por que a mãe insultava seu pai se o queria desesperadamente de volta. Não era nem um pouco parecido com o amor daquela velha que queria morrer por medo de ficar sozinha. Uma tinha o orgulho em excesso, a outra não tinha nenhum: mal se importava em desaparecer.

"Ficamos sabendo que você tem um filhinho", retomou o Raul, percebendo que seu assassino de aluguel se dispersava. "Ouvimos dizer que ele é lindo."

"Ouviu dizer que ele é doente", rosnou João. Sabia que o Adamastor, quando queria, falava demais.

"Também. E que precisa de dinheiro. Você precisa de dinheiro para cuidar do menino. Levar para um tratamento diferenciado, além de pagar fralda, leite, essas coisas."

"Por favor, João". Margarete estendeu as mãos gorduchas e agarrou as dele. Eram úmidas e quentes. Temperatura do desespero. "Você tem que fazer isso pela gente. Nada nos deixaria mais felizes do que usar nosso dinheiro para ajudar uma pessoa que realmente precisa. Seria um ato muito nobre, muito querido."

"Meu filho não precisa de dinheiro sujo."

"Assim você nos ofende, rapaz. Eu trabalhei a vida inteira, a Margarete também. Fique sabendo que nenhum centavo do que receberá é sujo! Mas já que você está encontrando tantos problemas… Nós podemos procurar outra pessoa. Agradecemos seu tempo, sua disposição." Ele se levantava. Em pânico, a mulher o apoiava, como se a coluna fosse frágil demais e derretesse com o movimento. "Não deve ser difícil encontrar quem queira cem mil reais para aplicar uma injeção em dois velhinhos com o pé na cova."

O sujeito tinha as rugas coloridas de sagacidade. Já tirava da carteira um bolo de dinheiro para pagar a conta, em um jogo de faz de conta que João sabia perfeitamente como acabaria, porque nunca tivera mesmo escrúpulos quando estavam em jogo seus interesses.

"Que tal nos visitar? Venha conhecer nossa casa", insistiu ele pela última vez.

"Tá. Eu topo."

Cecília

"Levanta, pula da cama. Está na hora de ir para o colégio."

"Não quero."

"E nessa vida a gente faz só o que quer?"

A voz dela era um leque de humor nas minhas manhãs inglórias. Meias soquetes, tênis encardido, o uniforme azul-marinho, desgrenhada e pálida. Adolescente. Me arrastava para a mesa, para comer um pão quentinho que alguém tinha botado lá — "lembra quando você era criança", ela fazia questão de dizer todo dia essa ladainha. "Você fazia o próprio sanduíche para não dar trabalho para mim. Que saudade da minha menininha." Falava isso rindo, para provocar. Eu fazia bico, para dizer que não me importava em crescer.

Ele era mais silencioso, mais complacente com a falta de graça das manhãs. Lia o jornal. Escondia a cara no jornal, até a hora de me levar. Sempre gostava de ouvir o rádio, outras notícias (ou as mesmas, contadas de um jeito diferente). Às vezes entabulava alguma conversa. "E esse seu coração, Cecília, algum desses rapazotes já conseguiu roubar?", dizia com uma piscadela. "Para, pai, está me deixando constrangida."

"Sou seu pai, meu trabalho é te deixar constrangida."

Era confortável saber que eles estavam lá, até quando não estavam lá e a dona Darcy, que já trabalhava conosco havia uns dez anos, fazia o almoço que eu comia com os olhos remelentos grudados na TV, esperando mastigar tudo para pular na cama e dormir uma tarde inteira. Sempre ali, quando chegavam no fim da tarde, para perguntar como foi meu dia. Anos mais tarde, na mesma cozinha, quando eu estudava para o vestibular, chegavam com os pés amaciados, para não fazer barulho. Durante a faculdade, nos jalecos que se materializavam limpos para a aula de anatomia e nos sanduíches deixados frescos para as manhãs de ressaca. Meu pai e minha mãe eram meus fantasmas favoritos. Um amor que preenchia os cômodos sem necessitar de propósito.

Eu não vou ter mais isso na vida. E demorei a me contentar com esse baque de finitude que acabou sendo, também, uma consciência da minha própria mortalidade. Fui uma criança crescida, sou uma criança crescida. Agora, sem quem me apanhe se eu despencar de cara. Vai ver é isso que eles queriam, quando decidiram ir embora por conta própria. Deixar, finalmente, que eu fizesse tudo sozinha.

Tudo bem que precisei de muitas sessões de terapia para me livrar da culpa. Aliás, não me livrei, mas convivo bem com ela. É uma ondulação invisível na superfície das coisas. Um sentimento que só se manifesta quando estou dormindo, nos sonhos perturbadores, quando sou eu a segurar a seringa.

Eles estavam certos, não consegui perdoá-los. Não pela antecipação, o fim premeditado, o sacrifício, a desculpa do atalho. Acho que o mais difícil de perdoar foi a falta de consideração comigo, eu que restei. Eu. Não dá para contar com o Caio, a Mariana, nenhum dos meus amigos, nenhum dos desconhecidos com quem às vezes me pego conversando na fila do ônibus.

No final, estamos sozinhos.

No final, é só você e você mesmo.

Não tinha um jeito mais fácil de me ensinar esta lição?

Comecei a aprender. A herança foi dividida adequadamente com aquilo que cabia a mim e a Caio, o patrimônio era de fato bem vasto, vínhamos de uma família muito abastada, muito privilegiada, e a única coisa que me faz sentir menos culpa por isso é reconhecer. Caio comprou uma casa em Porto Seguro, na Bahia, e agora mora com um jovem dançarino de axé (e acha tudo isso muito engraçado). Diz que parou de beber. Eu, por outro lado, decidi abrir uma clínica veterinária, com um espaço reservado para cuidar de animais vindos de abrigos de graça. Atender meus pequenos pacientes, eventualmente fazer algumas cirurgias, é a única coisa que me motiva a sair de casa agora.

O Adamastor ficou decepcionado pela mudança de planos, mas entendeu. Quando o visitei na zoonoses, fez um tour empolgado pelas instalações, pelo que tinha mudado, embora eu parecesse um zumbi com uma prancheta, vagando por corredores idênticos aos do passado (tão encarniçados quanto).

"Tu vai substituir o João", ele disse, nesse dia, mostrando minha suposta nova sala. Um cubículo de dez metros quadrados com um quadro de avisos vazio e uma mesa nua. "João, João. Sabe o que é engraçado? Quando tu foi embora pro Rio, arrumei esse guri para o teu lugar. Agora tu volta, e ele vai embora. Mundo pequeno."

"E pra onde o João foi agora?"

Eu não tinha nenhum interesse em saber, mas precisava sinalizar que estava ouvindo.

"Pra China."

"Que longe."

"Pois é, menina, ele foi com o guri dele, que é especial."

Eu gostaria de escolher um destino assim longe, assim exótico, como a China, para desaparecer em um passo. Em vez disso, permanecia exatamente no mesmo lugar.

Naquele momento, fui assolada por um sentimento estranho. Uma certeza de que as coisas poderiam mudar, se eu acreditasse. Entendi que era hora de seguir em frente, de crescer. Por isso respirei fundo.

"Mil desculpas, Adamastor. Eu não posso ficar. Eu tenho outras ideias."

Fiquei no apartamento, mas fiz questão de redecorá-lo. Pintei todas as paredes, cada uma de uma cor, porque o branco, assim nu, me dá agonia. Comprei móveis novos, consertei a porta daquele armário que estava emperrada havia pelo menos quinze anos. Comprei também café, chá e bolo de fubá. Faço tapioca de café da manhã, engordei três quilos, arranjei um tapetinho adorável de crochê e cortinas novas. E ainda, eu que jurei que jamais levaria trabalho para casa, acabei adotando um gato: Leônidas. Uma coisinha esquelética (por mais que coma, como eu) de pelo cinzento e olhos azuis. Que vem se enroscar na minha perna todo dia de manhã para agradecer essa poesia de estar vivo.

Às vezes, olho a cidade pela janela e me sinto satisfeita porque cresci e ela continua ali, com suas avenidas esparsas e seus prédios esquisitos, com seu céu inacabável. Ou me sinto satisfeita só por ter crescido. Outro dia, a luz foi embora enquanto eu lia um livro. Pensei neles, e aproveitei para me enroscar no sofá, com os pés para fora, e chorar. Depois, dei risada. De olhos bem acesos.

1ª EDIÇÃO [2022] 1 reimpressão

ESTA OBRA FOI COMPOSTA PELA ABREU'S SYSTEM EM ADOBE GARAMOND E IMPRESSA EM OFSETE PELA GRÁFICA PAYM SOBRE PAPEL PÓLEN NATURAL DA SUZANO S.A. PARA A EDITORA SCHWARCZ EM OUTUBRO DE 2022

A marca FSC® é a garantia de que a madeira utilizada na fabricação do papel deste livro provém de florestas que foram gerenciadas de maneira ambientalmente correta, socialmente justa e economicamente viável, além de outras fontes de origem controlada.